L'ENVERS DU CIEL BLEU

Enrico **Macias**

L'ENVERS DU CIEL BLEU

Édition établie sous la direction de
Bertrand Dicale

COLLECTION **DOCUMENTS**

cherche **midi**

Vous aimez les documents ? Inscrivez-vous à notre newsletter pour suivre en avant-première toutes nos actualités : **www.cherche-midi.com**

23, rue du Cherche-Midi
75006 Paris

Mes chers petits-enfants,

J'ai plusieurs fois raconté ma vie. Des émissions de télévision, de longues interviews à la radio. Il y a beaucoup de sourires dans ces récits, beaucoup de ciel bleu. De la peine, aussi.

D'ailleurs, c'est de douleur que parlait l'émission « Cinq colonnes à la une », la première fois que l'on m'a vu à la télévision en France. Je ne faisais pas que chanter. Je parlais de l'exil, de la nostalgie, du déracinement. Ce serait donc faux – et même injuste – de dire que je n'ai jamais raconté mon histoire.

Mais je n'ai peut-être pas raconté combien cette histoire ne ressemble pas toujours à mon image. Je sais que l'on parle facilement de moi comme d'un homme au rire facile et à la joie communicative. Et quand vous, mes petits-enfants, vous dites que votre grand-père est Enrico Macias, je suis sûr que l'on vous répond souvent que les vacances ou les déjeuners de famille ne doivent pas être tristes. Plus tard, vos enfants ou vos amis iront voir qui était ce chanteur dont vous leur aurez parlé. Ils trouveront sur Internet les images d'archives d'un homme aux cheveux frisés avec un grand sourire et un drôle d'accent ensoleillé. Et ils trouveront sans plus de mal des chansons pleines d'amour et de joie.

Vous savez déjà que je ne suis pas tout entier cet homme-là. Peut-être vous dites-vous aujourd'hui que cela fait partie des mystères des grandes personnes, dans les yeux desquelles passent parfois des ombres que vous ne comprenez pas bien. Mais c'est ma faute, aussi. J'ai toujours voulu vous donner un grand-père joyeux. Alors vous ne voyez peut-être pas quand j'ai de la peine. Et si vous le voyez, c'est comme un nuage fugace, comme une ondée. De toute manière, vous êtes trop gentils pour me questionner.

Ce livre est là pour vous expliquer cette peine. Ce livre est là pour répondre à des questions que vous ne vous posez pas encore, et que mes enfants - c'est-à-dire vos parents - n'ont pas toujours osé me poser.

C'est une affaire de ciel bleu. Vous êtes comme moi : vous aimez le ciel bleu et le soleil, même si vous l'avez d'abord connu en France. Comme vos parents, vous êtes nés ici et je ne crois pas que, quand vous parlez, vous ayez le même accent que moi. Nous avons pourtant le même passeport.

Vous êtes français, comme moi. Mais vous êtes français très différemment de moi.

J'aime la France. J'ai chanté, j'ai écrit, j'ai dit mille fois la manière dont elle m'a ouvert les bras. Je n'ai nulle aigreur mais je n'ai jamais vraiment raconté l'autre partie de cette histoire. Je crois que, si je ne le faisais pas, je ne serais pas totalement sincère avec vous et je ne serais pas complètement juste avec mes parents, mes beaux-parents et leurs ancêtres avant eux. Oui, je vous dois cette histoire tout entière et je dois à ceux qui nous ont précédés, votre grand-mère et moi, de la raconter vraiment tout entière.

Et c'est vraiment une affaire de ciel bleu. Si on veut résumer ma vie, on pourrait dire que j'ai grandi sous le ciel bleu du climat d'Algérie avant d'être accueilli en France, sous le ciel bleu de la liberté. On pourrait dire que j'ai toujours eu de quoi être heureux, après tout, entre le soleil de là-bas et le confort d'ici - toujours un beau ciel bleu pour me dorer la peau et me caresser l'âme.

Voici pourquoi je voudrais vous raconter la vérité de ce ciel bleu : le pays dont j'ai été privé et le pays où j'ai toujours été, finalement, un étranger. Vous raconter l'envers du ciel bleu.

PREMIÈRE PARTIE

PARTIR

1

Al-Andalus, Algérie

Je suis né dans un pays qui n'existe plus.

Ce n'est pas une bizarrerie de la géographie, mais une farce de l'histoire.

Ce pays existe dans mes chansons, dans ma mémoire, dans mon cœur. Et dans la mémoire et le cœur de millions de gens.

Je jouais de la musique avant que ce pays ne disparaisse mais peut-être aurais-je choisi d'apprendre la guitare après sa fin. Je suis heureux de chanter la mémoire de ce pays. Et pas seulement sa mémoire. Son avenir aussi.

Car le pays d'où je viens a disparu, mais il reviendra. Ici, là ou ailleurs, il reviendra.

Parce que ce n'est pas la première fois que ce pays disparaît. Qu'il disparaît et que la musique se souvient de lui.

Je viens d'Algérie, de l'Algérie disparue où des religions différentes n'empêchaient pas d'être un même peuple, où des humains différents vivaient sous le même ciel bleu.

Je viens d'Algérie et je viens d'Al-Andalus. Oui, je viens d'Algérie et j'ai grandi en me souvenant d'Al-Andalus. Je n'oublierai pas l'Algérie que j'ai quittée en 1961. Je suis né en 1938 et j'ai grandi en apprenant à ne pas oublier Al-Andalus, que nous avons quitté en 1492.

Aujourd'hui, les enfants de France apprennent à l'école les noms de l'Andalousie et du philosophe Averroès, ce temps merveilleux de l'histoire où, sur le sol de l'actuelle Espagne, des musulmans, des chrétiens et des juifs cohabitent et partagent. Ils savent que, pendant des siècles, on psalmodie en hébreu dans les mosquées, que des juifs méditent sur le Nouveau Testament, que des chrétiens prient en arabe. Ils se demandent comment l'un peut être l'autre, comment l'on peut si bien circuler d'une langue et d'une foi à l'autre sans sortir l'épée ou le cimeterre. Ils rêvent de ce pays perdu.

Car ils apprennent aussi que cela a fini. En 1492, l'année où le monde s'agrandit en découvrant l'Amérique, l'Europe rétrécit avec l'expulsion des juifs et des musulmans d'Espagne.

Les historiens mettent des bémols à tout cela. Le règne des princes arabes d'Al-Andalus s'interrompt après huit cents ans mais ils ont mis deux siècles à tout perdre. Deux siècles de défaites, de réveils, de coups d'État, de querelles intestines, de splendeurs, de petitesses – deux siècles d'histoire humaine. Et ni les musulmans ni les chrétiens n'ont pas toujours hésité devant les conversions forcées, les massacres religieux, les destructions de lieux sacrés...

Mais il reste que là-bas et en ce temps-là, un miraculeux équilibre a duré des centaines d'années. Chacun a été libre d'être ce qu'il est, de vivre librement sans enfreindre la liberté de l'autre. Chacun a eu son calendrier sans chercher à l'imposer à l'autre. Si l'un jeûnait, l'autre ne festoyait pas sous son nez; mais si l'un faisait maigre, il n'imposait pas à l'autre de se serrer la ceinture. Les philosophes et les clercs discutaient sans avoir peur qu'un souverain ne les jette au bûcher pour blasphème. Les gens de la rue se croisaient en s'adressant des bénédictions dont aucun n'estimait qu'elles le salissaient.

J'ai grandi en entendant le violon de mon père et la voix de l'homme qui serait mon maître et mon beau-père. Et ils jouaient la musique qui racontait ce pays-là. C'est là, en Al-Andalus, que se sont d'abord rencontrés le chant chrétien de la culture wisigothique et la houda amenée par les armées venues du Moyen-Orient. Ensuite, c'est là que les plus grands musiciens de langue arabe ont voulu aller pour jouir de l'éclat inégalé des cours royales et ont inventé pendant des siècles. Ziriab, avant l'an mil, le grand Ibn Baja au XIIe siècle, également connu sous son nom latin d'Avempace et qui fut le condisciple d'Averroès... C'est là que des formes poétiques et musicales d'une sophistication inouïe ont été inventées, et notamment les noubas, qui sont à la fois le mode ou la modalité, mais aussi un répertoire de mélodies, d'enchaînements musicaux, de textes poétiques et de prescriptions sur les heures et les circonstances d'exécution. La nouba ramel maya, la nouba hsaïn, la nouba deil, la nouba zidane ne se jouent pas toujours à la même heure, avec n'importe quel texte et n'importe quelle progression d'une pièce musicale à l'autre.

La nostalgie de la perte d'Al-Andalus sera telle que la musique elle-même sera amputée. On dit qu'elle perd des noubas en traversant la Méditerranée.

On a pris l'habitude, dès lors, de parler de musique arabo-andalouse. Étant d'origine berbère et juive, j'aimerais que l'on dise judéo-arabo-andalouse. Les savants préfèrent que l'on dise musique andalouse.

Mais pour nous, à Constantine, dans notre pays disparu, nous appelions cela le malouf. En arabe, cela signifie « conforme à la tradition ». Et la tradition consiste à regretter le temps heureux d'Al-Andalus. Cette musique savante, aussi sophistiquée que le lied allemand ou le chant grégorien, s'est beaucoup enrichie avec le temps. Des poésies très anciennes en arabe classique, des improvisations instrumentales codifiées par les Ottomans, une forme semi-classique en arabe dialectal (le hawzi), une forte métissée par les musiques des tribus du Sud constantinois (le mahdjouz), un art de troubadours populaires épicuriens né au XIXe siècle (le zdjel)... Et partout la mélancolie et le regret du pays perdu...

Je n'ai pas grandi n'importe où en écoutant cette musique. J'ai grandi à Constantine, et cette ville est une folie. Un plateau rocheux incliné, cerné sur trois côtés par des ravins vertigineux, sur lequel s'entassent des rues et des maisons dans un ordre curieux. Plus on s'éloigne de la place de la Brèche, vaste espace comme on en trouve dans toutes les préfectures françaises, plus il y a de rues en pente, de ruelles à escaliers, d'immeubles posés au bord du précipice. Ce sont là qu'habitent la plupart des juifs.

Des villes se sont succédé au même endroit, toutes les civilisations dominant la Méditerranée ayant voulu posséder Constantine – Numides, Romains, Berbères, Arabes, Ottomans, Français... Les juifs y sont depuis toujours, c'est-à-dire depuis deux mille ans de diaspora. Et si je suis d'origine berbère, c'est que beaucoup de tribus furent juives avant d'être musulmanes, et que quelques-unes le sont restées. La reine Kahina, qui résista aux envahisseurs musulmans au VIIe siècle, était peut-être tout simplement une Cohen...

Constantine est la petite Jérusalem, dit-on. Les juifs constituent le quart de la population. Ils y vivent en bonne intelligence avec leurs voisins et il leur arrive même de glisser une prière en arabe dans la liturgie de certaines fêtes. D'ailleurs, ils parlent arabe. Et ils s'habillent en Arabes et ils se souviennent qu'ils ont fait le coup de feu avec les Arabes quand les Français ont conquis la ville en 1837.

Leur destinée a changé d'un coup de plume en 1870. Le décret Crémieux accorde la nationalité française aux « indigènes israélites ». Désormais, ils sont citoyens français, ont le droit de vote, la possibilité d'entrer dans l'administration, le devoir de faire leur service militaire. Pour des raisons de politique française, on ne naturalise pas les dizaines de milliers d'Espagnols, d'Italiens, de Maltais, de Suisses, d'Allemands qui vivent ou naissent en Algérie, où ils sont plus nombreux que les colons français. Ils attendront 1889. Et l'état-major s'oppose vigoureusement à ce que les indigènes musulmans deviennent français.

Mais les juifs, ces Français tout neufs, ne cessent de naître, de vivre et de mourir en Algérie. Quand ils font une fête pour un mariage, une bar-mitsva ou le baccalauréat d'un enfant, ils font venir des musiciens qui jouent la musique d'Al-Andalus. Ils y entendent toujours la même nostalgie qui éclaire l'instant présent – l'harmonie, la beauté, la mesure.

Nous ne savions pas que nous allions perdre notre pays. Nous ne savions pas que le malouf nous racontait autant les regrets du passé que la mélancolie à venir.

2

Les cheveux gris de Suzon

Mes petits-enfants n'ont pas d'autre langue maternelle que le français. Ils ne connaissent pas plus de mots d'arabe que n'importe quel Français, et souvent sans savoir si c'est de l'argot parisien ou une langue étrangère – chouïa, caoua... Or mes grands-parents ne parlaient pas bien le français. Ce n'était pas pour eux une langue étrangère, puisqu'ils étaient des citoyens français, mais ce n'était pas pour eux une langue naturelle. Ils l'utilisaient quand c'était indispensable, leur langue maternelle et la langue de tous les jours étant l'arabe.

Oui, beaucoup de gens veulent le faire oublier aujourd'hui : les juifs d'Algérie étaient de langue arabe. Ils parlaient, s'habillaient et trimaient comme les autres « indigènes ». Mes grands-parents appartiennent à cette génération qui commence sa vie en arabe et la terminera en français.

Ils sont marchands de tissus à Jemmapes. Aujourd'hui, c'est Azzaba, une daïra de la wilaya de Skikda, mais à l'époque, c'est un village de l'arrondissement de Philippeville. Un village créé au croisement de la route de Constantine, auquel on donne le nom d'une victoire française de 1792. Il y a aussi Valmy et Marengo en Algérie.

Jemmapes est un bourg avec deux rues : la route de Constantine et une rue perpendiculaire dans laquelle mes grands-parents ont leur magasin. Sur les toits, on voit des cigognes dont on nous dit que ce sont les cigognes d'Alsace que l'on voit dans le livre de lecture de l'école.

Mais mes grands-parents ne sont pas nés là. Ils viennent du chef-lieu, Constantine, à soixante-dix kilomètres, qui sera aussi ma ville natale après avoir été celle de mon père également.

On appelle mon grand-père Zreïwer – c'est son prénom usuel arabe, qui ne figure pas sur son état civil. Selon le registre, Abraham Zgaouïr Ghrenassia est né le 5 décembre 1886 à Constantine. Il est le fils de Haïem Ghrenassia, né le 18 octobre 1859 à Constantine, lui-même né de Kalfa Ghrenassia...

Mon grand-père a épousé Djermouma Chemla, âgée de 20 ans, qui d'ailleurs porte le même nom que sa propre mère, Mariamma Chemla. Ils se sont mariés le 21 août 1912. Avant de faire souche à Constantine, les Ghrenassia venaient du Maroc et les Chemla, de Tunisie. Des marchands de tissus, des tailleurs, comme beaucoup de juifs d'Algérie.

Comme le père de Djermouma, ils vendent des voiles pour les femmes musulmanes, des foulards, des mouchoirs, des soieries industrielles, de l'étoffe au mètre – des « tissus indigènes », comme on les appelle, même si rien n'est fabriqué en Algérie. Mon grand-père est analphabète mais il a inventé une « langue » dessinée qui lui permet de noter à la craie toutes les dettes et commandes de ses clients, pour la plupart aussi illettrés que lui. En revanche, sa femme sait lire et, chaque matin, pendant qu'il est encore sous les draps, ma grand-mère lui lit *La Dépêche de Constantine*, en français.

À Jemmapes, il n'y a que deux familles juives et ils vivent dans l'appartement au-dessus de leur boutique. Chaque jeudi, ils font le chemin en carriole puis en train pour passer avec nous le shabbat à Constantine. Mon frère et moi leur parlons en français et mon grand-père nous parle en arabe. Il va parfois voir deux fois les films au cinéma pour comprendre tous les dialogues. Ma grand-mère parle mieux le français mais elle porte la robe traditionnelle et surtout la coiffe rituelle des femmes juives de la région.

Cette génération connaît des bouleversements ahurissants, et pas uniquement l'arrivée des automobiles dans les rues et du téléphone dans les maisons. Rétrospectivement, même, on peut se demander s'ils ont vraiment compris que sonnait le prologue de la mort de leur pays.

Car lorsque l'on parle de la concorde entre juifs et musulmans à Constantine, une date fait problème. Le 5 août. On ne dit même pas l'année quand on en parle, comme lorsqu'on évoque le 11-Septembre.

Donc, le 5 août 1934 a lieu le premier pogrom commis sur le sol d'Algérie. Pendant des heures, une foule de musulmans s'acharne sur les juifs de Constantine. Des dizaines d'hommes, de femmes et d'enfants massacrés, des centaines de magasins et d'entreprises pillés et vandalisés – appartenant uniquement à des juifs, à l'exclusion de tous les autres. Tout ça pour un bruit, une rumeur selon laquelle un juif aurait uriné sur le mur d'une mosquée – ce que le muezzin démentira ensuite devant la police.

Un leader nationaliste lance des discours furieux, des bruits se répandent dans la ville et les villages des alentours. Et on retire leurs cartouches aux soldats qu'on envoie dans les rues à titre préventif. Pendant six heures, des milliers de personnes tuent et pillent tous ceux qui ressemblent à des juifs. C'est seulement en fin de journée que les autorités se décident à intervenir. Les historiens ont expliqué le poids de l'extrême droite dans la police et son influence sur les débuts du mouvement nationaliste. Il semble que, peu après, dans les rangs mêmes de celui-ci, on ait choisi de ne plus utiliser cette thématique pour se concentrer sur la revendication anticolonialiste.

Toujours est-il qu'il y a vingt-cinq morts dont cinq enfants. Quand mon père se marie en 1937 avec Suzon Zaouch – une famille juive berbère –, celle-ci a les cheveux gris. Ils ont blanchi le 5 août au soir, alors qu'elle n'avait pas 20 ans, quand elle a été une des premières à entrer dans la maison de sa sœur, massacrée au couteau avec deux de ses enfants. On retrouve le petit Jacky, 5 ans, en état de choc. Ma mère le recueille et je grandirai près de lui. Jamais remis de ses blessures, il mourra à l'âge de 12 ans. Depuis ce jour de 1934, ma mère a les cheveux gris.

Au début de sa vie d'homme, mon grand-père Ghrenassia a été cordonnier, mais a aussi beaucoup joué de djouak, la flûte de bambou traditionnelle que l'on entend dans les répertoires populaires comme dans le malouf. Car, depuis plusieurs générations, il y a des musiciens parmi les Ghrenassia, un des oncles de mon grand-père ayant même été un violoniste réputé.

Peut-être est-ce pour cela qu'il a accepté que mon père se détourne d'une carrière de comptable, malgré son diplôme de l'école Pigier et des débuts prometteurs dans une entreprise constantinoise, pour décider de vivre seulement de son violon après sa démobilisation en 1940.

C'est d'autant plus aventureux qu'il a charge de famille, dans un appartement du 8, rue Louis-Biscarrat, rue particulièrement bigarrée du vieux Constantine populaire. Mon père Sylvain Ghrenassia était né au printemps 1914, dans les derniers temps de la paix. Moi, Gaston Ghrenassia, je viens au monde le 11 décembre 1938, quand la France – et ses colonies avec elle – fait semblant de croire que la guerre ne viendra pas. Dans cette catastrophe militaire, mon père n'a pas l'occasion de tirer un coup de fusil que l'affaire est dite. Il a passé quelques mois dans une caserne de l'infanterie territoriale à Marengo puis il est démobilisé juste à temps pour jouir du cadeau que nous fait Vichy : le statut des juifs. En métropole, cela va être l'étoile jaune, puis bientôt les rafles de la police française et les trains de la mort de la SNCF. En Algérie, les nouvelles autorités abrogent le décret Crémieux. Dès lors, les juifs ne sont plus français. Ils sont ramenés à l'indigénat et même en dessous. Car ils n'ont même plus les quelques droits dont jouissent les musulmans.

Ce seront des années terribles. Les juifs sont chassés de la fonction publique, n'ont plus le droit d'être médecins ou avocats, de posséder des magasins ou des entreprises. Les juifs sont chassés des écoles. C'est d'ailleurs fait d'une manière épouvantable dans les écoles primaires, les collèges et les lycées : un matin, le directeur passe dans toutes les classes et fait l'appel des élèves juifs puis leur annonce qu'ils ne viendront plus et doivent partir immédiatement. On me racontera plus tard, quand je serai en âge de comprendre, l'école clandestine, les cliniques secrètes, les efforts désespérés pour gagner sa vie alors que, du postier au chef d'entreprise, du lampiste de la SNCF au plus riche avocat, la plupart des juifs n'ont plus le droit de travailler et donc plus de moyens de subsistance.

Les musulmans sont d'une solidarité exemplaire. Rien qui ressemble au 5 août. La plupart des imams interdisent à leurs fidèles de se porter acquéreurs des « biens juifs » que brade l'administration. Des employés de commerçants ou d'artisans acceptent de se faire passer pour le patron auprès des autorités, même s'ils risquent la prison pour ça. Et puis il y a tous les gestes, tous les regards, tous les petits mots simples échangés en arabe. Juifs et musulmans sont désormais, ensemble, les indigènes de l'Algérie. La France de Vichy a voulu abaisser les juifs. Le crime de la France libérée sera de ne pas vouloir élever les musulmans. Pendant ces années où l'on empêche les juifs d'être français, ils forment vraiment un seul peuple avec les musulmans. Un peuple qui souffre et qui se bat ensemble. Autant que l'horreur des massacres de mai 1945, le crime de la France est de refuser, de manière incompréhensible, la citoyenneté aux musulmans.

Mes parents me confient à mes grands-parents et, toute la semaine, je suis chez Djermouma et Zreïwer à Jemmapes, puis rentre pour shabbat et le week-end à Constantine. Je ne comprends pas grand-chose à ce qui se passe au-dessus de moi, dans le monde des adultes. Constantine n'est pas un port ni une ville d'un intérêt stratégique majeur. Même quand les Alliés débarquent, en novembre 1942, la ville n'est pas vraiment menacée. J'ai souvenir d'une ou deux alertes aériennes. Tout le quartier se précipite à l'abri, tout près de chez nous : c'est un tunnel creusé dans la falaise, sur le boulevard de l'Abîme.

Un jour, c'est un grand vacarme, des cris, de l'excitation. Les Américains sont là. Ils s'installent dans une école de mon quartier et, comme tous les gosses, je vais me faire donner du chocolat et des chewing-gums. Mon frère Jean-Claude a trois ans de moins que moi et ne court pas encore les rues.

En 1943, les juifs sont de nouveaux français et la République les rappelle dans les casernes. Puisqu'il est musicien, mon père joue du trombone à coulisse dans une fanfare. Chaque matin, je le contemple lorsqu'il enroule ses bandes molletières avant de partir accomplir sa journée de musique militaire dans ses quartiers au Khroub, à quelques kilomètres de Constantine. Le dimanche, la fanfare défile sur la place de la Brèche.

Dès que la paix se réinstalle à Constantine, je mène une enfance insouciante. On me laisse passer beaucoup de temps dans les rues avec les copains. Nous crions, chahutons et jouons en arabe et en français, sans faire de différence entre juifs et musulmans. Nous fabriquons des ballons de foot en nouant de vieilles chaussettes et de vieux chiffons, nous descendons à la piscine olympique construite au bord du Rhumel en dévalant un éboulis vertigineux malgré l'interdiction de nos parents, nous allons voir des westerns au Nunez en mangeant des graines de courge salées – si l'on a réussi à obtenir de nos parents quelques pièces en plus... Je n'aime pas beaucoup que mon père parte parfois deux ou trois jours pour travailler. Le pire est qu'à son retour il faut se taire et ne pas faire de bruit : quand il revient d'un engagement dans un mariage ou une bar-mitsva, il s'effondre de fatigue et dort parfois une bonne partie de la journée pour récupérer.

3

Le cheikh

Mon père répète avec l'orchestre dont il fait partie, un après-midi, quand Raymond Leyris passe dans la rue. Il le félicite pour son jeu au violon. Ils se mettent à discuter et tout commence – presque vingt ans à jouer ensemble. Ils sont cousins par alliance mais qui ne l'est pas à Constantine ? Rachel, la sœur de ma grand-mère paternelle, a épousé Albert Nabet, un frère de la grand-mère maternelle d'Hermance, la femme de Raymond.

La culture de mon père n'est pas seulement arabe et constantinoise. Il joue du violon en le tenant verticalement sur le genou, à l'orientale, mais il sait aussi le caler sous le menton et jouer de la musique classique occidentale sur partition. Il a pris des cours avec Mlle Guigue, prix de Conservatoire et fille de la propriétaire de notre appartement. Elle lui dit : « Si j'avais la puissance de votre coup d'archet, j'aurais fait le tour du monde. » Mais il a la passion de la musique orientale et illustre bien l'effet qu'elle peut avoir. Je le dis bien fort parce que je l'ai vu : cette musique est une drogue. Comme le blues, elle a le pouvoir d'ensorceler celui qui l'écoute et surtout celui qui la joue. On a le sentiment de ne jamais pouvoir s'en échapper. C'est ce qui est arrivé à mon père, qui a abandonné un travail de « monsieur » pour devenir musicien. Et cette drogue ne l'a pas empêché de vivre jusqu'à ses 90 ans.

Mon père connaît évidemment Raymond, qui est déjà considéré comme un des plus grands musiciens de Constantine. Cela fait déjà quelques années qu'on lui a décerné le titre de cheikh, malgré son jeune âge. Juif comme musulman, tout le monde sait que c'est un musicien exceptionnel. Pour être respecté dans la musique andalouse, il faut maîtriser un grand répertoire et sa mémoire est exceptionnelle ; il faut interpréter la musique selon la tradition tout en apportant de la nouveauté, et c'est ce qu'il sait faire mieux que quiconque ; il faut savoir diriger un orchestre, et c'est un autre talent de Raymond. Il n'avait qu'une vingtaine d'années quand on a commencé à parler de lui comme de Cheikh Raymond – le maître, le prince, le chef Raymond.

Il est devenu cheikh bien qu'il soit juif ; et il est devenu juif bien qu'il soit chrétien. Parce que Raymond Leyris porte le nom de sa mère, Céline Leyris, une Européenne. Elle est née à Batna, une centaine de kilomètres au sud de Constantine, mais ses parents viennent de la Drôme. Une famille de « petits Blancs » comme on dirait aujourd'hui. Elle est très belle et, quand elle a 17 ou 18 ans, elle rencontre un beau jeune homme, Jacob Lévi. Il a une dizaine d'années de plus qu'elle et il est déjà veuf. Mais ils s'aiment. Elle tombe enceinte. Scandale. Aucune des deux familles ne veut d'un mariage – les Européens et les juifs ne se marient pas entre eux, à l'époque. Alors elle part accoucher seule à Constantine. Raoul, Raymond Leyris naît le 27 juillet 1912.

La jeune mère vit en célibataire à Constantine, parce qu'on n'habite pas seule avec un enfant, à moins d'être veuve – et elle a 19 ans, c'est-à-dire qu'elle est mineure ! Elle laisse son fils à une nourrice juive, Maïma Halimi. Le petit Raymond reçoit des visites de sa mère, peut-être même de son père – parce qu'ils continuent à se voir. Mais la guerre arrive. Jacob Lévi est mobilisé et part en France. Il est tué au printemps 1915, à 33 ans. Dans la famille, on dit que son père lui avait accordé de se marier avec Céline quand il reviendrait.

Céline Leyris se retrouve veuve sans avoir été mariée. Alors elle s'en va. Elle laisse son fils à Constantine et part vivre à Alger. Raymond ne la reverra plus. C'est ainsi qu'il est élevé dans le quartier juif par une famille juive et qu'il devient juif.

Les Halimi sont pieux, très pieux. Et très pauvres. Quand il est assez mûr pour l'exprimer, Raymond demande à devenir juif, comme toute la famille dans laquelle il vit. Il est donc circoncis à l'âge de 7 ans. Puis il fait sa bar-mitsva et manifeste très tôt une étonnante piété. Même s'il porte un nom chrétien, même s'il n'a pas un physique très nord-africain, Tonton Raymond est vraiment un juif de Constantine. Sa mère biologique ne lui a parlé qu'en français, mais il aurait pu dire que l'arabe est sa langue maternelle : c'est la langue de sa nourrice, la langue que l'on parle dans sa rue, la langue de la plupart des familles autour de lui, même si le français s'impose vraiment à cette génération. D'ailleurs, comme Tonton Raymond, mon père parle couramment arabe mais élèvera ses enfants en français. Le père adoptif de Raymond Leyris, André Comte, fera de même. Il avait été abandonné par ses parents, de misérables artistes de cirque, chez les Halimi qui en ont aussi fait un juif pieux.

Raymond Leyris a appris la musique selon la vieille tradition, c'est-à-dire dans les foundouks. Ce sont des sortes d'auberges qui, avant le chemin de fer, accueillaient les voyageurs des caravanes qui traversaient l'Algérie. Puis s'y sont installés des artisans célibataires, des marginaux, des érudits qui vivent avec trois sous. On s'y réunit pour jouer de la musique selon des règles qui n'ont pas changé depuis des siècles : les « élèves » regardent jouer les maîtres en essayant de mémoriser les mélodies, les structures des pièces, les rythmes et les techniques instrumentales. Puis ils rentrent chez eux et essaient de reproduire seuls tout ce qu'ils ont entendu. Après des mois, seulement, ils ont le droit de jouer un petit morceau devant le maître. Alors, pour devenir cheikh, il faut non seulement du génie, mais aussi beaucoup de patience.

Mon père n'est pas allé dans les foundouks comme Tonton Raymond. Il a d'abord appris en famille tout en suivant une scolarité normale. Il a aussi pris des cours de solfège occidental et beaucoup joué dans les bars en amateur avant d'approcher Sid Ahmed Bestandji, le plus grand violoniste de la musique andalouse, également très grand chanteur et notable d'une importante confrérie musulmane. Bestandji est le premier des maîtres constantinois qui se soucie vraiment de transmettre la musique. Les autres vieux musiciens de cette époque préfèrent garder leurs secrets. Un grand maître du oud avait même pris l'habitude de mettre un grand mouchoir sur sa main gauche quand il jouait certaines pièces pour que l'on ne puisse pas voir ses doigtés sur le manche. Alors mon père fait partie des premiers musiciens qui apprennent la musique « normalement », presque comme on l'apprend aujourd'hui.

Il joue dans un orchestre, avec un chanteur et joueur de oud qui s'appelle Israël. C'est un orchestre assez moyen mais Tonton Raymond a repéré le son de son violon. Et il lui demande de venir jouer avec lui.

Tonton Raymond est le vrai maître de mon père. Ils sont amis, ils seront vite comme des frères mais, au début, ils sont aussi un professeur et son élève, même s'ils n'ont que deux ans de différence. Raymond a consacré toute sa vie à la musique depuis son adolescence, même s'il a travaillé quelque temps avec un peintre en bâtiment. Il sait déjà tout du malouf, du hawzi, des modes les plus rares et les plus singuliers de la tradition de Constantine, de la poésie ancienne dans laquelle chaque inflexion de chaque syllabe a son importance. Alors, à 30 ans, il devient le maître de mon père et, pendant quatre ans, il va tout lui apprendre.

Ensemble, ils vont accomplir une petite révolution dans la musique à Constantine. Je ne sais pas qui en a eu l'idée le premier mais, connaissant mon père, je pense qu'on ne l'aurait pas ignorée si c'était la sienne. Au fond, c'est une idée très simple : créer un orchestre permanent, un orchestre professionnel.

À Constantine, on joue de la musique dans toutes les fêtes et toutes les occasions de réjouissances familiales ou collectives. En général, on fait appel à un musicien qui, pour le jour dit, va appeler à son tour d'autres musiciens pour composer l'orchestre. Naturellement, il préfère travailler avec les mêmes mais si son flûtiste habituel est appelé dans un autre mariage ou si son violoniste a trop de travail dans son atelier, il faut trouver des remplaçants... ce qui fait qu'on peut avoir à son mariage un grand maître entouré de mauvais musiciens.

Jusqu'à présent, les musiciens à Constantine ont tous un métier en parallèle. Ahmed Bestandji est savetier, par exemple. Et Cheikh Raymond pense qu'en étant toujours constitué des mêmes musiciens l'orchestre sera meilleur et trouvera assez de travail pour que ses membres gagnent convenablement leur vie. Mais, pour cela, il faut un peu de sens du commerce, et mon père en a plus que Tonton Raymond.

C'est le cheikh qui engage l'immense flûtiste Tahar Benkartoussa et deux percussionnistes hautement réputés – trois musulmans qu'il convainc de travailler uniquement avec lui. Et c'est mon père qui discute les conditions financières en ne se laissant pas fléchir par la sympathie que lui inspirent les mariés ou leurs parents, par exemple. Et c'est aussi lui qui va décharger Cheikh Raymond de certains passages obligés pendant les longues nuits des fêtes, et notamment ce qu'on appelle le zendali. Là, les musiciens doivent jouer à toute allure le même air très rythmé pendant que tout le monde danse, crie, lance des youyous, et on n'est censé ne s'arrêter que quand au moins une danseuse atteint la transe et s'effondre.

Pour tout dire, Cheikh Raymond déteste ça. S'il pouvait ne jamais entendre le « tchack-tchack », comme il l'appelle, il serait ravi. Mais mon père adore ça. Alors quand une famille engage l'orchestre Raymond, elle sait que toute la musique sera au plus haut niveau, des grands airs classiques andalous que les adultes écoutent avec passion jusqu'à la musique de danse la plus effrénée. D'ailleurs, presque vingt ans plus tard, lorsque nous quittons notre pays, tous les autres musiciens de Constantine ont un autre métier : cafetiers, marchands de tissus, tailleurs, quincaillers... Seuls Tonton Raymond et les membres de son orchestre vivent seulement de la musique.

Les deux amis ne se ressemblent pas. Mon père est mat, Tonton Raymond a le teint pâle de sa mère. Mon père rit très fort et s'énerve facilement, Tonton Raymond est plus calme, plus distrait, d'humeur plus égale. Dans la rue, il ne quitte jamais son élégant chapeau de feutre et porte toujours des costumes clairs impeccables. En revanche, je ne peux pas dire que mon père soit un modèle d'élégance vestimentaire. C'est même un inépuisable sujet de plaisanterie en famille.

Si je l'appelle Tonton Raymond, ce n'est pas parce que j'ai été musicien dans son orchestre et qu'il a accepté que j'épouse sa fille. Je l'ai toujours appelé Tonton Raymond parce que je l'ai toujours connu. Je devais avoir 3 ou 4 ans quand mon père l'a rencontré et, à partir de là, nos familles n'ont cessé de se voir et de vivre ensemble tous les grands événements de la vie. Ce n'est pas un hasard si mon frère et moi avons épousé deux de ses filles... Car Tonton Raymond a cinq filles : Suzy, née en 1940, puis Céline en 1941, Huguette en 1942, Viviane en 1944 et Michèle en 1951. Et il a un seul fils, Jacob, que tout le monde appelle Jacques, né en 1946.

Nos familles vont être si indissolublement liées dans le quotidien que c'est tout naturellement, à la fin de l'enfance, que je découvre que le trouble que me procure la présence de Suzy n'est pas une camaraderie de mômes. Elle sera l'amour de ma vie et la mère de mes enfants.

Cela fait drôle si l'on emploie le vocabulaire d'aujourd'hui, mais Cheikh Raymond et mon père sont des artistes autoproduits. Cinquante ans avant Internet, ils ont créé leur propre label, enregistré eux-mêmes leurs disques et les ont distribués. Il faut bien comprendre que les grandes maisons de disques françaises veulent bien vendre des disques dans les colonies mais n'y investissent pas autant qu'en France. Elles connaissent Alger, ont posé un pied à Oran mais jamais à Constantine. La capitale du troisième beylik de l'Algérie ottomane est pourtant une ville riche culturellement, mais elle n'intéresse pas les labels parisiens. En revanche, ils proposent volontiers de presser des disques à la demande dans leurs usines en France et de les expédier en Algérie, à charge pour les « labels » locaux de les distribuer sur place.

Alors, en 1954, Raymond et Sylvain créent Raysylophone, marque de disques qui n'éditera que les enregistrements de l'orchestre Raymond, lesquels ne seront vendus que dans un petit magasin de la rue Antoine-Zévaco, tout près du marché de la place Négrier, au cœur du quartier juif de Constantine.

Ce sont d'abord des 78 tours, qui résistent mieux à la chaleur que les premiers 45 tours. Ils portent une étiquette Raysylophone de couleur orange, avec un oud et un violon aux manches croisés. Puis, très vite, c'est un oiseau d'or sur le fond vert de l'étiquette Hes-el-Moknine – « la voix du rossignol ».

Qu'on n'imagine pas qu'il y a un studio d'enregistrement à Constantine ! Les disques sont enregistrés à la maison, dans notre salon au deuxième étage, dont on masque les fenêtres par des tentures, des couvertures, des cartons... Il y a un micro pour l'ensemble des musiciens et un micro pour Tonton Raymond. Mon père est au violon mais il est aussi ingénieur du son. Quand tout le monde est prêt, il appuie sur le bouton du magnétophone, qui est installé dans le vestibule, et il revient s'asseoir en quelques pas rapides sur sa chaise et tout le monde commence à jouer. Une seule prise, pas plus. Et pas de montage, pas de mixage, pas d'effets spéciaux ! Seule bizarrerie pour un auditeur occidental, l'annonce au début du disque. Car dans ce pays où il y a beaucoup d'analphabètes, on annonce le nom de l'artiste avant qu'il commence à jouer et aussi celui de la maison de disques. C'est ainsi sur tous les 78 tours algériens depuis les années vingt. Alors en revenant s'asseoir, mon père lance dans le micro : *« hes hanet Hes-el-Moknine, el moghné Raymond »* – « disque La Voix du rossignol, le chanteur Raymond ».

Dès que la dernière note est jouée, il se relève et court éteindre le magnétophone car la bande magnétique est chère. Et on ouvre la fenêtre pour ne pas mourir de chaud. Les enregistrements ont souvent lieu le dimanche, quand la ville est moins bruyante, mais on entend parfois, sur les rééditions récentes de ces disques, un avertisseur de voiture ou une moto passant derrière la musique.

Je pense que c'est un des moments préférés de la carrière de mon père. Il aime la technique, les machines, les instruments compliqués. C'est un bricoleur né qui démonte les postes de radio et qui essaie de réparer l'aspirateur des voisins. Quand arrive la télévision, il la démonte pour voir comment elle marche. Il trouve un appareil pour enregistrer des disques souples en Pyral et il lui vient une lubie : il se dit qu'il gagnerait beaucoup d'argent en fabriquant des disques vierges. En effet, ils coûtent cher, alors que leurs composants sont très bon marché. Il se dit qu'il pourrait presser ses disques sans passer par Pathé et même presser des disques pour d'autres maisons françaises. Mais, pour cela, il faut maîtriser la galvanoplastie, dit-il. Il fait toutes sortes d'expériences et de tentatives au magasin. Il y a des bruits, des odeurs, il prend l'air très sérieux. Un badaud passe et lui demande ce qu'il fait – « galvanoplastie ! » On s'est demandé si cela n'a pas provoqué des bruits, si des gens n'ont pas conclu qu'il fabriquait du plastic. Quand Cheikh Raymond sera assassiné, il se trouvera des gens pour dire que l'on fabriquait des explosifs dans son magasin...

En tout cas, mon père n'arrive pas à fabriquer des disques vierges mais ça le fait rêver. C'est un artiste, un créateur, un inventeur. Même s'il prend des airs roublards derrière le comptoir du magasin, ce n'est pas un commerçant de grand talent. Quand je suis adolescent et que je vois mes copains acheter des 45 tours de Dalida ou de Dario Moreno, je lui demande pourquoi il ne vend que les disques Raysylophone au magasin. Il gagnerait sans doute plus à transformer l'endroit en « vrai » disquaire mais il n'y tient pas. Il n'a pas vraiment le sens des affaires.

4

« Vas-y quand même »

Ce n'est pas mon père qui m'a donné mes premières leçons de musique. Depuis que je vais à l'école, je suis à Constantine la semaine et, pour toutes les vacances, à Jemmapes, avec Zreïwer et Djermouma. C'est là-bas que tout a commencé avec des élastiques que je tends sur des morceaux de bois. Puis je prends une vieille mandoline que mon père a pendue au-dessus de son lit. J'attends que mes parents soient sortis pour en jouer. D'abord une corde, puis une deuxième le lendemain, puis une troisième le jour d'après... Elle est accordée comme un violon, et c'est le premier accordage que je maîtrise.

Il me semble que j'ai 10 ans quand Djermouma part en pèlerinage sur la tombe de Rabbi Fraji Chaouat, grand sage et poète juif du XVIIe siècle, à Testour, en Tunisie, d'où vient sa famille. Je la revois à son retour, sur le trottoir devant la maison, qui me tend un grand emballage de carton dont je sors une guitare. Je l'accorde et je me mets aussitôt à en jouer. Mes ennuis commencent. Parce qu'une petite mandoline, ce n'est pas la même chose que cette guitare, qui m'occupe du réveil jusqu'au coucher. J'ai des facilités et je joue d'oreille, mais je néglige vraiment mes devoirs. Alors mon père confisque ma guitare. Je me débrouille pour la remplacer parce que j'ai assez d'argent de poche pour en louer une, je me fais prendre, recommence...

Finalement, mon père accepte la guitare et, assez vite, finit par m'encourager. Après tout, je prends un peu le même chemin que lui, qui a abandonné ses ambitions de comptable pour vivre de sa musique. Il ne désespère pas de me voir en médecin ou en avocat mais tolère ma passion pour la musique.

Fin 1951 arrive ma bar-mitsva. Après la synagogue, toute ma famille et toute celle de Cheikh Raymond sont rassemblées, avec beaucoup de musiciens de Constantine. Alors que la fête bat son plein, mon père dit, en parlant très fort : « Allez, Gaston, apporte ta guitare et montre à Tonton Raymond ce que tu sais faire. »

Je fais ce qu'on me demande. C'est la première fois que je joue devant Cheikh Raymond. Je joue un petit thème andalou. Tonton Raymond sourit et prend son luth. Il joue une phrase et me demande de la reprendre. J'y parviens. Il en joue une autre, et moi aussi. Puis une autre et une autre encore. Au bout d'un moment, il pose son luth et me dit : « Passe me voir demain. »

J'y vais bien le lendemain, mais sans ma guitare. Tonton Raymond ne se démonte pas :

« Ce n'est pas grave. Prends le luth.

– Je ne sais pas en jouer.

– Vas-y quand même.

– Mais ce n'est pas une guitare.

– Vas-y quand même. »

C'est ma première leçon de musique avec Tonton Raymond. Dès la deuxième, je viens avec ma guitare. Je ne m'en rends pas compte mais il a une idée derrière la tête. Jusqu'alors, la guitare n'existait pas dans la musique andalouse. À Constantine, on écoute les disques de jazz de Django Reinhardt ou la guitare classique de Narciso Yepes, et tout le monde connaît le flamenco, dont les liens avec la musique ancienne d'Al-Andalus sont évidents. Mais personne encore n'a joué de guitare dans le malouf.

La guitare intéresse Tonton Raymond parce que c'est un instrument qui permet plus de virtuosité que le oud, mais aussi une variété de timbres et de jeux bien plus large. Du point de vue rythmique, mélodique ou harmonique, la guitare est extrêmement performante et pourrait trouver facilement sa place dans son orchestre. Sans le savoir, d'ailleurs, ma grand-mère a été un génie : elle m'a donné une guitare alors que je baignais dans la musique arabe, ce qui fait que, quand je commence à travailler avec Tonton Raymond, je ne connais pas d'autre musique que celle de mon pays natal. En plus, je l'accorde intuitivement en quinte (mi-la-ré-sol-do-fa plutôt que mi-la-ré-sol-si-mi) parce que, en la sortant de son carton, j'ai transposé l'accordage de la mandoline.

Si aujourd'hui je veux être vraiment honnête, je dois reconnaître que, à 13 ans, je ne suis pas résolument volontaire pour ces leçons. C'est Tonton Raymond qui en décide parce qu'il devine en moi des facilités pour la guitare et parce qu'il voudrait l'introduire dans son orchestre. D'ailleurs, il va aussi donner des leçons à une jeune pianiste, mais qui ne parviendra jamais à improviser selon les règles du malouf. À ce moment-là, je commence à avoir envie de jouer une musique plus moderne que le malouf, plus « de mon âge ». Mais Tonton Raymond me prend en main au bon moment : je suis encore malléable et plutôt docile.

Et je me retrouve à passer plus de temps avec lui que les autres musiciens de l'orchestre. Je fais vraiment des progrès en vélocité mais il s'agace parfois de ce que j'aie du mal à assimiler toutes les noubas du malouf et toutes les subtilités de l'expression.

Je prends régulièrement des leçons avec lui mais je n'accompagne pas l'orchestre dans ses engagements. Après tout, je suis collégien et il n'est pas question que je parte jouer de la guitare deux ou trois jours dans un mariage. Mais Tonton Raymond veut que je joue en public avec son orchestre. Il se trouve qu'un grand concert est prévu en octobre 1954. Il n'y a pas souvent de tels événements, puisque la musique andalouse est surtout jouée dans des lieux et des circonstances privés. Donc, la police de Constantine organise un gala à l'Université populaire, un bâtiment symbolique : construit à la jonction de la vieille ville arabe et du quartier du centre, il abrite la bibliothèque municipale, le Conservatoire (où l'on n'enseigne que la musique européenne) et une belle salle polyvalente.

C'est un moment solennel : l'orchestre est présenté en grand, avec Cheikh Raymond, mon père au violon, Abdelhamid Benkartoussa à la flûte, quatre percussionnistes, Nathan Bentari à la derbouka, Haïm Benbala et Larbi Belamri au tar, Abdelhak Benabes aux nagharat. Et puis moi.

Ce n'est pas seulement mon entrée officielle dans l'orchestre, c'est celle de la guitare dans le malouf. Le oud règne sur la musique arabe. La mandoline est tolérée dans le malouf car c'est l'instrument d'apprentissage des musiciens, et certains chanteurs lui restent fidèles et la préfèrent au oud, qu'ils jugent trop solennel. Omar Chakleb, le grand ami de Cheikh Raymond, s'accompagnait souvent à la mandoline. Me présenter avec ma guitare est une audace dont tous les amateurs sont conscients. Ce n'est pas seulement moi, mais surtout Cheikh Raymond qu'ils attendent au tournant. À la limite, que je sois si jeune est presque une circonstance aggravante : si j'échoue par inexpérience ou par insuffisance, toute la faute en reviendra à mon maître.

Ma guitare n'est pas le seul élément de modernité : les dimensions de la salle imposent que l'on sonorise l'orchestre. C'est ce qui permet à un amateur de musique andalouse d'enregistrer le concert et, en 1994, quarante ans plus tard, la parution en CD d'une partie de cet enregistrement a été la révélation au grand jour du génie de Tonton Raymond pour les générations qui ne l'avaient pas connu – ses premiers disques depuis sa mort.

J'ai été ému de m'entendre jouer sur ces disques, comme si le passé revenait – en 1954, je n'ai pas encore 16 ans. Il y a notamment un istikhbar, pièce improvisée pendant laquelle chaque instrumentiste improvise à son tour. Je viens après Cheikh Raymond, Sylvain Ghrenassia et Abdelhamid Benkartoussa à la flûte. Tonton Raymond m'a bien préparé et, pendant mon improvisation, il me soutient et même me dirige avec son oud. Sur l'enregistrement, on entend bien le public qui approuve. Tonton Raymond a gagné : la guitare est admise dans le malouf. Et cette guitare, c'est la mienne.

À partir de ce jour là, j'appartiens à l'orchestre... mais seulement pour les grandes occasions. Mon père ne veut pas que je mène la vie d'un musicien – même si c'est la sienne. L'école est la priorité absolue. Comme tous les pères, il veut que je sois avocat, médecin, professeur. Alors il n'est pas question que je parte trois jours dans une fête de mariage avec de l'alcool, de la musique toute la nuit, des hommes et des femmes qui se comportent sans pudeur... Ou peut-être ne veut-il pas que je sache que l'on s'amuse beaucoup quand on est musicien.

En tout cas, ma présence est limitée aux concerts, aux enregistrements, aux activités les plus prestigieuses de l'orchestre. Je participe parfois à des mariages, mais uniquement à Constantine et pour la partie la plus noble du concert – pas le « tchack-tchack » d'après minuit.

Une seule fois, je pars pour un engagement avec tout l'orchestre loin de chez nous. Un homme fête la bar-mitsva de son fils d'une manière particulièrement faste à Souk Ahras, près de la frontière tunisienne. Une semaine de fête. Nous jouons le matin à l'heure de la synagogue, entre 8 et 11 heures, puis de midi à la fin de l'après-midi, puis après le dîner, vers 21 heures, jusqu'à l'aube. Je ne joue pas pour les heures de zendali nocturne mais je participe aux longues heures de malouf et de hawzi.

Si je me soumets à la discipline rigoureuse du malouf, je sors aussi ma guitare pour m'amuser. Comme avant que je commence à travailler avec Tonton Raymond, j'aime improviser dans ma chambre, et notamment sur la musique espagnole. Elle est très présente en Algérie, et pas seulement à Oran. À Constantine, il y a beaucoup d'Européens d'origine espagnole, parfois arrivés tout récemment, pendant la guerre civile dans leur pays. Et il ne faut pas oublier que – presque génétiquement – nos cultures sont liées. Après tout, notre musique arabe s'appelle andalouse !

Depuis des années, je m'arrête devant Chez Clairette, un café de la rue Damrémont où jouent des musiciens gitans. Comme je n'ai pas le droit d'entrer dans un débit de boissons, je reste sur le trottoir. Je suis ébahi par la virtuosité des guitaristes et j'essaie de leur grappiller au vol un ou deux « plans ».

Ils finissent par me remarquer, on parle un peu sur le trottoir. Ce sont des gitans d'origine espagnole qui ont traversé la Méditerranée depuis longtemps, mais leur musique est restée très pure. Un jour, je passe – comme par hasard ! – devant Chez Clairette avec ma guitare. Un des gitans est étonné par mon accordage. C'est celui qu'a fixé Tonton Raymond et qui est parfait pour le malouf. Il me montre son accordage à lui. Je le mémorise aussitôt et, chez moi, j'essaye des doigtés et des successions d'accords nouveaux, je découvre par moi-même une autre manière d'improviser. Je fais des progrès énormes ! J'accorde et réaccorde souvent ma guitare. Quand je suis accordé pour jouer avec Cheikh Raymond, je ne vais pas jouer *Asturias*, qui est mon morceau espagnol préféré. Quand je suis accordé pour jouer avec les gitans, je ne peux pas improviser dans le malouf. Pourtant, je pourrais retrouver toutes les notes sur le manche de la guitare mais, avec ces deux accordages, on ne pince pas les cordes de la même manière, les doigtés changent et aussi la sonorité.

C'est avec leur accordage, plus tard, que je vais écrire mes chansons. Quand, en 1999, je ferai l'album et les concerts en hommage à Cheikh Raymond, je devrais descendre d'un ton ma guitare et ce sera un vrai réapprentissage, après des décennies à ne plus jouer de musique andalouse.

Avec les gitans, nous montons un petit stratagème tout simple : je mets des vêtements usagés, je me fonce la peau du visage avec de la suie, je m'ébouriffe un peu plus que d'habitude les cheveux et j'entre avec eux Chez Clairette. C'est mon entrée chez les Enrico – puisque c'est ainsi qu'ils se présentent, leur chef étant le Grand Enrico. Une fois que nous sommes tassés dans le petit espace réservé aux musiciens, personne ne fait attention à moi. Le plaisir n'est pas du tout le même qu'avec Tonton Raymond. La musique est plus simple, mais elle permet des accélérations et des ruptures qui n'existent que dans le flamenco et ses parages. Les Enrico ne sont pas des maîtres de leur art comme Cheikh Raymond peut l'être dans le sien, mais il y a chez eux une folie qui me transporte. Rythmiques puissantes, très dansantes, improvisations collectives et individuelles débridées : je suis heureux avec eux. C'est aussi une autre manière de vivre la musique : ils jouent pour quelques francs, ne répètent jamais, commencent leur soirée sans avoir décidé de ce qu'ils joueront, se laissent porter par l'envie de l'instant et ce que demande le public.

Car beaucoup d'Espagnols viennent Chez Clairette. Des ouvriers, des petits employés mais aussi des légionnaires qui veulent noyer le mal du pays. Ils réclament des classiques de chez eux, braillent beaucoup, se mettent parfois à pleurer. J'apprends à épouser ces grandes émotions, mais aussi tout ce folklore espagnol – les chansons traditionnelles et les recettes pour en fabriquer de nouvelles.

5

« Par ton premier baiser »

J'écoute beaucoup la radio. Sur Radio Alger, il y a surtout de la musique européenne et, dans la musique arabe, on entend surtout les musiciens d'Alger. C'est tantôt le chaâbi populaire, musique des faubourgs « contaminée » par la variété française ou américaine et même par le tango, et qui a ses stars dont Lili Labassi, le père de Robert Castel, qui fait des chansons très drôles en mélangeant l'arabe et le français. Et quand on entend de la musique andalouse à la radio, c'est en général de la ça'ana d'Alger. À part Cheikh Raymond, il me semble qu'aucun musicien constantinois n'y joue jamais.

J'écoute évidemment tout ce qui arrive de France. À Constantine, nous aimons peut-être un peu plus qu'en métropole ce qu'on appelle les chanteuses à accent, Gloria Lasso, Maria Candido et surtout Dalida, à partir de *Bambino* en 1956. Il y avait eu Reda Caire avant la guerre, mais c'est la première vedette française venue d'Égypte. Il y aura ensuite Claude François et Georges Moustaki. Quant à moi, je serai le premier Maghrébin dans la chanson française. En attendant, Dalida nous enflamme et elle donne à *Bambino*, une chanson italienne, quelque chose d'oriental qui nous séduit. Ce n'est pas un hasard s'il y en a tant de reprises en Algérie, en français, en arabe ou dans les deux langues à la fois.

Charles Aznavour est un autre grand choc. Tout est nouveau chez lui, à commencer par la manière de chanter. Plus tard, j'ai appris qu'il avait eu des critiques terribles au début de sa carrière. Je ne comprends pas pourquoi. Il est tellement présent, ses chansons cognent à l'estomac, c'est un merveilleux interprète qui m'impressionne depuis que j'ai 15 ou 16 ans, quand on commence à l'entendre à la radio.

Même si certains de mes copains en Algérie vont bientôt s'intéresser au rock'n'roll, j'y serai complètement hermétique. Je n'aime pas particulièrement le jazz, sauf quand c'est Django Reinhardt – mais, alors, j'entends surtout un guitariste gitan absolument génial. Tout mon univers musical est méditerranéen, que ce soit dans des chansons sucrées ou avec des guitares virtuoses. Chez Aznavour, ce sont les chansons d'inspiration tsigane ou russe que je préfère parce qu'elles me parlent plus simplement.

Quand je suis avec mes copains, je sors ma guitare et je chante des succès de Luis Mariano ou de Dalida. Je n'ai pas l'impression de trahir la musique andalouse. Pour moi, c'est une distraction, un amusement. Je ne suis pas un professionnel à proprement parler, mais si je m'imagine un avenir dans la musique, c'est à Constantine avec Cheikh Raymond et mon père. Parfois, je me dis qu'un jour ou l'autre j'aurai moi-même un orchestre, même si je ne suis pas chanteur. Mais si j'en parle devant mon père, il me dira que j'aurai un vrai métier et que je ferai si je veux de la musique pour le plaisir.

La chanson française ? Nous savons que Constantine est une ville à l'écart et personne n'imagine qu'on pourrait percer à l'extérieur. D'ailleurs, il n'y a pas de vedette constantinoise qui ait fait carrière en France ou même dans les variétés à Alger. Alors, quand je fais l'école buissonnière de la musique andalouse, je n'ai aucun projet, aucun rêve. Rien d'autre que l'envie de m'amuser.

Quand je suis en première, j'ai un copain qui m'a entendu chanter et qui me propose d'écrire des chansons avec lui. Lucien Halimi est un poète comme on en trouve, je suppose, dans chaque lycée. Il est très bon en français et écrit beaucoup – romantisme adolescent assez classique mais efficace. Il est assis derrière moi en classe et je lui fais passer des « partitions ». En fait, j'ai l'idée toute simple de lui écrire la métrique en chiffres. Quand je trouve une mélodie, je ne sais pas comment la transformer pour l'adapter au texte. Je ne sais pas mieux le faire aujourd'hui, d'ailleurs ! Ma culture musicale de base est arabe et se fonde sur la mélodie, et non sur l'harmonie.

Au oud, Cheikh Raymond joue pizzicato, et jamais en accords. Tout au plus un accord de trois notes, mais c'est rare et ce n'est pas la tradition. Donc ce que l'on joue, c'est la mélodie, et non l'accompagnement du chant. Quand le oud joue en solo, c'est avec une mélodie construite exactement comme la mélodie du chant. D'ailleurs, écoutez ses enregistrements : Tonton Raymond chante exactement comme il joue et joue exactement comme il chante. D'ailleurs, c'est pour cela que, quand je suis à la guitare, je ne cherche pas des accords sur lesquels je vais composer une mélodie : je joue la mélodie. *Chiquita*, une de mes premières chansons, est née comme ça, d'une improvisation andalouse. Je ne sais même pas s'il m'est arrivé un jour de composer une chanson à partir d'une grille d'accords. Je pense toujours à la mélodie du chant et pas à la tonalité, au mode, aux harmonies. Souvent, mes confrères français composent une suite d'accords et posent seulement après une mélodie pour le chant, qu'ils peuvent changer sans toucher aux harmonies. Même Georges Brassens le fait mais, pour moi, c'est impossible. La mélodie, c'est ce que je chante et c'est ce que je cherche quand je compose à la guitare.

Alors, par exemple, je donne à Lucien Halimi un papier avec seulement cette suite de chiffres :

123456
123456
123456
12345

À partir de cela, il écrit son texte :

Par ton premier baiser
Tu as donné ton cœur
Hélas, il t'a quitté
Et ce soir tu pleures

Nous faisons ensemble *Par ton premier baiser* et *Chiquita,* qui est très inspiré par tout ce que j'ai appris de la musique espagnole. Et ce ne sont pas de mauvaises chansons puisque je les ai enregistrées après être devenu Enrico Macias. Et personne ne m'a dit qu'elles avaient l'air d'un passe-temps de lycéens ! D'ailleurs, c'est un peu dommage que nous nous soyons perdus de vue, Lucien Halimi et moi. J'ai appris plus tard qu'il était devenu avocat.

Nous sommes des jeunes gens et nos parents nous laissent pousser plus loin nos promenades du jeudi après-midi ou du week-end. Nous allons sous les pins, de l'autre côté du pont suspendu. Nous avons même le droit de prendre le train sans nos parents pour aller à la plage à Philippeville. J'emporte souvent ma guitare mais, ce samedi 20 août 1955, je suis parti seul avec mon ami Charley Draï, dont la mère est la sœur d'Hermance Leyris. Nous sommes sur la plage de Philippeville, en train de manger du poulet, quand on entend des coups de feu. Nous levons la tête et nous voyons sur la route une foule qui marche.

De loin, on distingue l'éclat métallique de couteaux, de faux, peut-être des fusils. On ne prend pas le temps d'une analyse plus poussée et on se met à courir dans l'autre direction, vers le centre-ville. Je ne sais trop comment nous sautons dans un camion qui fonce vers Philippeville. Mais le camion est bloqué par un barrage de militaires, à l'entrée d'une place. De l'autre côté, il y a un hôtel où nous pourrions nous réfugier. On entend des coups de feu, des cris. Des grappes d'hommes en uniforme passent en courant, des civils détalent dans toutes les directions. Un soldat nous arrête, nous regarde méchamment, Charley et moi – peau mate, cheveux frisés, ça doit lui paraître suspect. Je brandis ma carte d'identité. « Je suis français ! Je suis français ! – C'est bon, passez. Mais c'est dangereux, par là. » Ça m'avait l'air encore plus dangereux là d'où nous venons.

À l'hôtel, nous téléphonons à Constantine. Il y a eu des attentats là-bas aussi. Il faut rentrer quand même. Nous courons à la gare, sautons dans le train bondé pour Constantine. En général, j'aime bien qu'il avance tranquillement dans la campagne, mais aujourd'hui je le trouve atrocement lent. On entend des coups de feu sporadiques tout le long du chemin. Nous sommes couchés dans le couloir, évitant d'être vus de l'extérieur. Mais quand le train arrive en fin de journée à Constantine, les rues sont calmes, comme si de rien n'était.

Pourtant, il y a eu des bombes, des incendies, des groupes d'hommes armés qui ont tiré un peu au hasard sur des Européens croisés dans les rues. Tonton Raymond et son fils Jacques ont eu une vive émotion après l'office du matin. Sentant le danger dans l'air en sortant de la synagogue, ils foncent vers leur appartement en empruntant les minuscules ruelles connues seulement des gens du quartier. Au moment où ils croisent une rue, un musulman d'âge mûr s'approche très vite de Tonton Raymond et, d'une calotte, fait voler son borsalino. Les Leyris poursuivent leur route sans demander leur reste. Le lendemain, le même homme rapporte le chapeau au magasin de la rue Antoine-Zévaco. Il a peut-être sauvé la vie de Tonton Raymond: avec son chapeau élégant, il avait tellement l'air européen qu'il risquait de se faire tirer dessus s'il croisait des fellaghas.

La journée a été terrible dans le Constantinois. À quelques kilomètres de Philippeville, la mine d'El Halia a été attaquée et des dizaines de gens ont été massacrés. Des familles de mineurs et de villageois, Européens comme musulmans, suppliciées à l'arme blanche dans des conditions inhumaines. Il y aura dans les journaux des photos d'enfants démembrés qui vont horrifier. Des villes, des villages, des fermes isolées, des gendarmeries ont été attaqués par des hommes de l'ALN, parfois sans grand succès. La répression est terrible. Nous n'en voyons rien, chez nous à Constantine, mais il y a des milliers de morts dans les représailles.

Les livres diront plus tard que c'est le tournant de la guerre d'Algérie. Le gouvernement ne connaît plus que l'usage de la force et décide l'envoi du contingent en 1956. Des Européens commencent à faire leurs valises. La spirale de la violence terroriste et de la violence contre-terroriste commence à devenir folle. La répression ne s'abat pas seulement sur les maquis et sur les militants nationalistes, mais sur des musulmans pris au hasard. Des milliers d'hommes meurent pour avoir simplement été dans la même rue qu'une patrouille de soldats ou pour habiter dans un village suspect.

À Constantine, nous ne voyons qu'une part de cette réalité-là. Il y aura de plus en plus d'attentats, de plus en plus de violence, de plus en plus d'inquiétude, de plus en plus d'angoisse. Une vie étrange s'installe, dans laquelle nous menons une existence normale avec ses joies, ses peines et ses soucis ordinaires, en même temps que nous vivons une guerre civile, avec des grenades lancées sur des terrasses de café, des gens abattus au revolver en pleine rue, des barrages de militaires armés à l'entrée et à la sortie de la ville. Et chaque jour des maisons plus nombreuses dont les carreaux sont remplacés par du contreplaqué – pourquoi payer et repayer des vitres qui risquent d'éclater demain ?

6

Fontainebleau

À la rentrée scolaire 1957, je pars en France. À l'époque, le baccalauréat se passe en deux parties et mes notes à la première partie, à la fin de la première, n'ont pas été particulièrement brillantes. Jusque-là, je n'avais guère de problèmes en classe. J'étais plutôt bon en maths et en français et ma bonne mémoire me secondait efficacement dans les autres matières. Le diagnostic de mon père est sans réplique : je m'intéresse trop à la musique et, puisqu'il faut que j'apprenne un métier sérieux, un bon tour de vis en pensionnat, loin de Constantine et de la musique, ne peut qu'être salutaire. Son choix se porte sur le lycée Carnot de Fontainebleau. Je serai théoriquement isolé des tentations pendant la semaine et assez près de Paris pour que je passe tous mes week-ends chez mon oncle Gilbert et ma tante Suzanne, rue de Picpus dans le 12e arrondissement.

Je prends le train pour Philippeville et traverse pour la première fois la Méditerranée en bateau jusqu'à Marseille, où je prends le train pour Paris. Je découvre une France immense, beaucoup plus vaste que tout ce que j'imaginais d'après les livres ou le cinéma. Je découvrirai assez vite une France glaciale. Il est vrai que les chambres et les sanitaires du pensionnat ne sont pas chauffés comme un appartement d'aujourd'hui. Il n'y a pas d'eau chaude dans les douches et, les matins d'hiver où il fait quinze degrés sous zéro, j'avoue que je ne plonge pas sous la douche et me contente d'une toilette sommaire. Quand je pense qu'aujourd'hui je prends une douche très froide chaque jour pour me maintenir en forme...

À Fontainebleau, tout pour moi est neuf et rien n'est simple. Le jour de la rentrée, nous sommes dans la cour, à l'heure de la promenade – les terminales n'ont pas de récréation mais une promenade. À côté de moi, un garçon qui porte un nom à particule. Il me demande d'où je viens. « D'Algérie. – Ah ? C'est bien. Moi, j'aime toutes les races, de toute façon. Les seuls que je ne supporte pas, ce sont les juifs. »

Ça part aussitôt. Un grand coup de poing dans la figure.

On me conduit chez le censeur. Je m'explique. Le censeur se prend d'affection pour moi et m'offre même une cigarette. Puis il me fait un long discours paternaliste. La seule façon d'éviter ce genre de réflexion, m'explique-t-il, c'est de bien travailler et de prouver que l'on est capable d'avoir de bons résultats, même si l'on est juif. Autrement dit, il faut de meilleurs résultats pour se faire accepter et c'est plus grave d'être un cancre quand on est juif. Je ne relève pas ce paradoxe. Je suis surtout content de m'en être plutôt bien sorti. Au fond, je ne regrette pas vraiment d'avoir donné une raclée à ce type.

Il m'aurait traité de sale Arabe, il se serait passé la même chose, je pense. Et, d'ailleurs, on m'a souvent traité de sale bougnoule, avant que je sois célèbre. Plus tard, on n'a pas employé ces mots-là mais l'esprit était le même : en 1988, alors que j'avais annoncé mon soutien à la candidature de François Mitterrand à sa réélection, les organisateurs d'un de mes concerts à Marignane, dans les Bouches-du-Rhône, avaient préféré annuler à la suite de menaces de nostalgiques de l'Algérie française – ou plutôt de l'OAS – qui écrivaient sur mes affiches : « Indésirable. Ami des Arabes ».

Au lycée Carnot, je ne suis pas le seul élève à venir d'Algérie. Il y a là un pied-noir, une demi-douzaine de musulmans et moi. Nous sommes très unis, très proches les uns des autres malgré la guerre chez nous. Nous écoutons les nouvelles à la radio, lisons les journaux, partageons ce que nos parents et nos proches disent dans leurs lettres sur la situation en Algérie. Et, en cette année 1958, il y a des événements chaque jour ! Rétrospectivement, c'est même assez étrange : nous nous inquiétons pour notre pays, nous nous inquiétons pour les familles des uns, des autres, sans nous demander de quel côté est chacun, s'il est pour ou contre l'indépendance. Nous sommes seulement des jeunes gens loin de leur pays en guerre.

Et c'est vrai que je ressens terriblement l'éloignement. Il est vrai que je n'ai jamais été séparé des miens. J'ai toujours vécu chez mes parents à Constantine ou chez mes grands-parents à Jemmapes. J'ai l'impression d'être sur une autre planète et, pas un instant, je n'imagine que je pourrais vivre dans ce pays plus longtemps que jusqu'au bac.

La France n'est qu'une étape. Je suis inquiet devant ce qui se passe en Algérie, mais je n'imagine pas que ça va mal tourner au point que je devrais quitter mon pays. Je suis pressé de rentrer chez moi.

Pourtant, les jeunes Français n'ont pas la même vie que celle que j'ai à Constantine. Ils sont mieux habillés, plus à la mode dans tous les domaines mais j'ai la nostalgie de chez moi. La seule chose qui m'intéresse vraiment est la musique et c'est la seule qui pourrait me faire rester en France, le cas échéant. J'imagine que je peux m'y faire connaître sans mon père et Tonton Raymond. Constantine est trop petite et, si je reste là-bas, je veux être honnête avec l'enseignement que j'ai reçu de Cheikh Raymond. Quand je rêvasse, je me dis que, si je restais, je devrais faire une autre musique.

Dans l'immédiat, ce n'est guère brillant. Je suis parti de Constantine sans ma guitare. Je suis musicien de l'orchestre que codirige mon père et celui-ci m'a interdit d'emporter mon instrument pour que je ne sois pas distrait de mes études. S'il savait... Au lycée Carnot, des instruments sont enfermés dans la salle de musique et j'ai repéré où est la clé. J'ouvre la vitrine où est rangée une guitare et je joue pour les copains. J'y tiens parce que c'est une des raisons pour lesquelles je suis devenu populaire, après quelques semaines pendant lesquelles je sentais bien que tout le monde me trouvait antipathique. Je fais rire, je joue de la guitare : je me fais plein de copains, on m'aime bien, je suis populaire.

Mais, un jour, je ne trouve pas la clé de la vitrine à la guitare. Tant pis, je casse la vitre et je vole l'instrument. Évidemment, je me fais prendre et j'y gagne quinze jours d'exclusion.

Mon goût pour la musique n'est pas très bien vu entre autres parce que je ne joue pas vraiment comme il faudrait que je joue. En début d'année, le professeur de français, M. Mallerin, a organisé le club du lycée de Fontainebleau et demandé à tous les élèves qui ont une activité artistique de se faire connaître. Je me suis présenté avec la guitare, j'ai joué un prélude arabo-andalou et j'ai été refusé.

Des copains m'ont expliqué que les comédiens du lycée ont la chance de partir parfois jouer dans d'autres établissements et qu'alors ils déjeunent à la table des professeurs, et pas à la cantine des élèves, qu'ils jouissent de plus de liberté et même d'une connivence avec l'administration, ce qui simplifie bien des choses. Alors je me présente comme comédien. J'ai une scène à répéter et mes deux premiers mots sont: « En avant ! » Je ne me souviens pas du reste puisque je n'ai pas dit un mot de plus. « En avant ! » et M. Mallerin me fait sortir aussitôt du plateau.

Tous les trimestres, le club présente une fête du lycée au théâtre de Fontainebleau. Là j'ai un coup de chance parce que le décor de la pièce de théâtre s'effondre. Le temps qu'on le remonte, il y a un trou dans le programme. Soudain, M. Mallerin se souvient que je joue de la guitare et que je chante. Il m'appelle. « Allez, vas-y ! Il faut combler ! » Je monte sur scène et je me prends le pire bide de ma vie. Une horreur. Il ne me vient même pas à l'idée que je pourrais chanter les deux chansons écrites en première avec Halimi. Je joue un air andalou et, puisque je devine qu'il n'est pas question de chanter en arabe, j'improvise des paroles en français. Un désastre.

Évidemment, je me dis qu'il faudrait trouver une autre manière de chanter, qu'il faudrait que j'invente quelque chose de nouveau. Mais, pour être franc, surtout, j'ai horriblement honte et j'ai très envie de rentrer chez moi.

Je ne suis tout de même pas pressé au point de réussir mon bac du premier coup. Pour tout dire, je ne travaille pas beaucoup. La seule chose qui m'intéresse vraiment est de m'évader pour le week-end, de retrouver les copains et les filles. La vie d'internat, à l'époque, a plus pour conséquence d'inciter à faire des bêtises que de fabriquer des adolescents vraiment sages – malgré nos cravates et tous les interdits dont on nous accable.

Le samedi, je pars ravi du lycée. Pour économiser l'argent du transport, je vais à Paris en auto-stop. Malgré mes cheveux frisés et ma peau foncée, ce n'est pas difficile. Il n'y a pas encore eu le flot des rapatriés d'Algérie et les gens sont gentils avec nous. Ils deviendront plus tendus avec l'exode à partir de 1960 ou 1961. Aujourd'hui, je retrouverais facilement l'endroit où je m'installe pour faire du stop à la sortie de Fontainebleau, juste avant la forêt. Il n'y a pas encore l'autoroute et les gens sur la nationale sont sympas. Je n'ai pas à attendre trop longtemps. Le samedi soir, je vais au Balajo, rue de Lappe. Parfois, je ramène une fille chez ma tante Suzanne. Le dimanche, je rentre au lycée par le train ou par l'autocar.

Le lycée Carnot est mixte, ce qui est rare pour l'époque. J'ai une histoire avec une fille de ma classe, Geneviève. Il nous arrive un « accident » typique de cette époque : elle tombe enceinte et nous nous demandons comment nous en sortir. J'étais censé être fidèle à Suzy. Je la préviens par lettre et nous rompons à mille cinq cents kilomètres de distance. Je décide d'assumer et propose à Geneviève de l'épouser. Mais ses parents ne veulent pas d'un gendre juif. Heureusement, quelqu'un connaît une adresse – c'est comme ça que ça se passe à l'époque. J'y mets tout l'argent que je possède, me fais aider par quelques copains et Geneviève avorte chez un médecin discret. Suzy et moi nous réconcilions par lettre.

Elle-même vient en France, mais dans des conditions difficiles. Elle est depuis toujours d'une santé fragile mais, soudain, sa situation s'aggrave. Elle doit subir une opération à cœur ouvert, qui à l'époque est terriblement dangereuse et n'est alors pratiquée que par une seule équipe à Paris. Ses parents l'accompagnent. Jours d'angoisse. Je ne tire aucune fierté de guider Tonton Raymond dans le métro quand nous nous promenons dans Paris pour tromper l'inquiétude. L'opération est un succès. Mais Suzy restera toute sa vie d'une santé fragile, soumise en permanence à la menace d'une rechute fatale.

Quant à moi, la musique continue à prendre insensiblement de plus en plus de place dans ma vie. Après ma pathétique prestation improvisée, je suis quand même accepté dans le club du lycée et je pars régulièrement avec la troupe de théâtre pour créer une ambiance musicale à la guitare, depuis la coulisse, pendant les pièces. Je fais le mur de temps en temps et je chante *Pour un premier baiser* ou du Dalida dans un petit cabaret de Fontainebleau...

J'obtiens enfin mon bac au début de l'été 1959. Entre mes deux terminales, j'étais allé passer les vacances scolaires à Constantine. Quand je prends le bateau pour Philippeville, mon bachot en poche, je n'ai aucune raison de croire que je reviendrai en France.

7

Châteaudun-du-Rhumel

Mon père voulait que je passe mon bac. J'ai passé mon bac. Il n'est pas question pour moi de faire plus d'études. Je n'ai pas de projet de carrière et être guitariste de l'orchestre Raymond me comble. Je sais qu'en même temps je pourrai me produire dans des cabarets ou des bars à Constantine pour m'amuser, tout en travaillant sérieusement la musique andalouse.

À la rentrée, je prends un job de pion au collège Moderne de Constantine tout en chantant dans un cabaret près de la rue Damrémont, Chez nous. Il est tenu par Clément Chemla, le demi-frère de ma grand-mère Djermouma, et sa clientèle mélange Européens, juifs et musulmans. J'y chante *Besame mucho, Bambino* et tous les succès de danse du moment.

Mais l'administration me réquisitionne pour devenir instituteur. La France a décidé de mettre plus de moyens que jamais dans l'instruction des indigènes. Alors je prends deux mois de cours accélérés à l'école normale et je suis envoyé à Châteaudun-du-Rhumel, un village sur la route de Sétif, à une soixantaine de kilomètres de Constantine.

Ma classe est l'équivalent de la dernière année de maternelle ou du cours préparatoire, avec des enfants âgés de 4 à 6 ans, mais aussi quelques-uns qui, ayant échappé jusque-là à l'école, ont parfois 10 ans.

L'administration veut rattraper le retard et nous avons des instructions très précises dans un livret du maître qui, par exemple, nous interdit de traduire les mots du français à l'arabe ou de l'arabe au français. C'est assez déroutant mais il y a de bonnes idées, comme de mélanger leçons de grammaire et leçons de choses. Et je peux parler de la méthode globale : c'est celle que l'on utilise pour apprendre à lire aux enfants.

J'adore ces gosses. Ils sont gentils, candides, pleins de bonne volonté. Parfois, je n'arrive à rien, surtout si je ne dois pas donner le mot français qui correspond à un mot en arabe. Pour les aider, je dois mimer des gestes ou des actions. Je me gratte l'oreille et je demande : « Que fait le maître ? – Le maître se gratte l'oreille. » Cela ne fonctionne pas toujours. Un jour, j'essaie de leur faire utiliser le verbe « regarder » et le mot « photographie », alors je dispose des photos sur le mur et me mets ostensiblement à les contempler. Pas de réponse. Je recommence. Rien. Je recommence encore. À la dixième fois que je m'approche des photos, me mets à les regarder et demande « Que fait le maître ? », une petite voix dit timidement : « Il fait des kilomètres. »

Je n'ai pas de voiture mais un logement de fonction. Je vais en stop à Châteaudun-du-Rhumel et, le samedi après-midi, mes parents viennent me chercher pour me ramener à Constantine. Juste avant, je donne un concert. Nous ne devons pas infliger de notes aux enfants, seulement des appréciations. Pour les motiver, j'ai décidé de sortir ma guitare et de chanter pour eux chaque fin de semaine. Si un élève a été trop turbulent ou insuffisamment attentif, il est exclu du concert. Ça les motive et, en fait, j'en punis très peu. Ce public d'enfants m'apprends beaucoup. Et notamment que la partie n'est jamais gagnée quand on est sur scène.

Il y a aussi la musique des grands. Des répétitions, des engagements avec l'orchestre de Tonton Raymond ou au cabaret. Comme personne n'a le droit de circuler sur les routes après 17 heures, je quitte l'école dès la cloche pour faire de l'auto-stop. Le lendemain matin, je me poste à la sortie de Constantine assez tôt pour être à 8 heures à l'école de Châteaudun-du-Rhumel. Souvent, c'est le même maçon qui m'emmène et, bientôt, tous les propriétaires de voitures du village me connaissent. C'est une singularité de cette époque : tout le monde se méfie, tout le monde a peur, mais on se fait confiance, avec un profond sens de la solidarité. Symboliquement, le premier mort de la Toussaint rouge, en 1954, était un instituteur, assassiné alors qu'il circulait avec sa femme, elle aussi institutrice, dans un autocar au fin fond des Aurès. Mais je ne me sens pas trop mal à l'aise sur les routes. Je suis peut-être inconscient. Quand je chante Chez nous, je retourne à l'aube à Châteaudun-du-Rhumel, sans manquer un jour de classe. Je dors dans la voiture, je fais une petite sieste avant la classe de l'après-midi et ça suffit.

Quand je suis à Châteaudun-du-Rhumel, les soirées sont longues. Couvre-feu à 20 heures et, avec quelques collègues, on se distrait comme on peut, notamment en jouant un peu de musique. Un soir, l'un d'eux m'annonce qu'il va y avoir un radio-crochet la semaine suivante à Constantine. Pourquoi ne pas y participer ? J'hésite. J'hésite tellement que je demande son avis à Tonton Raymond. Ce n'est pas la même chose que chanter dans un cabaret pour quelques noctambules. Si je vais jusqu'en finale, des milliers de gens vont me voir et je ne veux pas qu'il soit embarrassé. Mais il me donne sa bénédiction.

Je passe les éliminatoires et, quinze jours plus tard, au Théâtre de verdure de Constantine, c'est la finale. Je découvre alors, en une seule chanson, une sensation que je retrouverai plus tard : la certitude que le public est avec moi, l'ivresse d'être porté par le plaisir partagé avec les spectateurs. Je chante *Chiquita* et je gagne. Je deviens la star de Constantine – ou plutôt de mon quartier.

Parmi les copains qui m'ont le plus encouragé, il y a Julot Talar, gardien de la paix et grand joueur de billard – c'est d'ailleurs là que nous nous voyons régulièrement. C'est un personnage pittoresque et attachant, mais pas de tout repos. Il doit notamment vérifier que personne ne fume au Nunez, le grand cinéma populaire de Constantine. Mais il dit aux copains : « Allez-y mercredi tranquille, je suis de service. » Le premier mercredi, il ne se passe rien. Le mercredi suivant, il me met sa lampe torche dans les yeux et m'embarque au poste. Donc, dans la liesse de ma victoire au Théâtre de verdure, Julot me dit qu'il a de la famille à Paris dans le show business, et qu'ils pourront m'aider. Il faudra que je leur fasse signe si besoin. Ils s'appellent Régis et Vic Talar, et ils sont parents des Marouani, une famille d'imprésarios dont on sait à Constantine qu'ils règnent sur le music-hall à Paris.

La victoire au concours m'emmène à Alger où je passe à l'émission « 6-4-2 » de Jacques Bedos, qui est notre star du petit écran avant de devenir un immense directeur artistique dans les maisons de disques françaises. Avec le comédien Jean-Marie Proslier, programmé dans la même émission, il m'encourage à persévérer. Je ne crois pas complètement ce qu'ils disent. Je ne m'imagine pas de carrière hors de la musique andalouse.

Pendant ce temps, Tonton Raymond est en train de devenir une star, une vraie star moderne. Les gens le reconnaissent dans la rue non seulement parce qu'ils sont beaucoup de Constantinois à l'avoir entendu jouer dans des mariages ou lors d'un concert, mais aussi parce qu'il passe à la télévision. Car la France veut gagner la « bataille des cœurs » et décide de rompre avec des décennies de mépris pour la culture arabe. Jusque-là, à la radio, on passait le moins possible de musique en langue arabe, et seulement à des heures bien définies. Ou alors, il s'agissait de variétés d'une légèreté obstinée, et même souvent de traductions en arabe de succès français. Quant à la télévision, c'était pour l'essentiel les programmes français avec de temps à autre un film égyptien.

En 1957, après Alger et Oran, la télévision régionale de Constantine est inaugurée. Il y a de beaux studios tout neufs à Bellevue, un quartier européen au sud de la Brèche. Chaque mercredi soir est programmé un concert d'une heure de musique constantinoise en direct. Évidemment, c'est l'orchestre Raymond que l'on choisit pour l'émission inaugurale. Et il va passer au moins une fois par mois jusqu'à la mort de Tonton Raymond. Tout le monde n'a pas de télévision mais il en trône dans beaucoup de cafés. De plus, le couvre-feu interdisant de sortir le soir, c'est souvent le seul passe-temps disponible et on voit des voisins se cotiser pour acheter une télévision collective dans leur immeuble.

Alors la popularité de Cheikh Raymond décuple. Des gens qui n'ont pas eu la chance d'assister à une fête où il jouait ou qui n'ont jamais eu la curiosité d'aller à un de ses concerts découvrent le meilleur musicien du Constantinois. On le reconnaît dans la rue mais, le lendemain de ses apparitions, il préfère se faire discret et reste à la maison. Je ne dirai pas que mon père fait de même.

Il s'installe derrière le comptoir au magasin et il reçoit les visites et félicitations avec le sourire... et son tiroir-caisse ouvert. Car jamais les disques de l'orchestre ne se sont aussi bien vendus.

Il est vrai que, depuis 1956, Hes-el-Moknine publie des 33 tours. Le 78 tours a tenu plus longtemps dans les colonies qu'en métropole mais le 33 tours est une révolution : au lieu d'enregistrer au mieux une pièce de six ou sept minutes de hawzi ou de musique de danse coupée en deux par le changement de face, Cheikh Raymond peut enregistrer des thèmes de malouf en une demi-heure.

Et c'est une frénésie ! Pendant les quatre dernières années de sa vie, il va sortir trente-deux 33 tours. Ce n'est pas seulement une entreprise prospère commercialement, c'est aussi un énorme projet de transmission d'une musique dont l'avenir angoisse Cheikh Raymond. Les foundouks n'étaient pas prospères avant la guerre ; ils sont désormais moribonds. Et, avec la guerre, c'est toute une génération de musulmans qui risque d'être coupée de sa musique. Alors le disque lui semble le meilleur moyen de faire vivre la musique andalouse de Constantine et surtout d'en conserver la mémoire.

Les disques sont toujours enregistrés chez nous, rue Louis-Biscarrat. Une ou deux fois, l'orchestre part avec le matériel d'enregistrement à Jemmapes, pour profiter du silence régnant dans les parages du magasin de mes grands-parents. Je participe à quelques disques, méticuleusement préparés par Tonton Raymond, notamment pour être sûr du minutage des deux faces. Et comme ce n'est pas une musique écrite, il faut régler toutes les articulations avant l'enregistrement.

Les bandes sont toujours envoyées chez Pathé, en France, et les disques arrivent à Constantine quelques semaines plus tard. Ils sortent au magasin quatre par quatre. Je me souviens des pochettes au fond bleu ciel avec la photo de tout l'orchestre et, en médaillon, « Sylvain, violoniste » et « Raymond, guitariste ». Sur le disque, une étiquette jaune avec le rossignol d'Hes-El-Moknine en rouge. Les plus grands classiques andalous sont disponibles dans des versions impeccables, dans le meilleur son de l'époque. Comment ne pas considérer comme un patriote l'homme qui chante les plus hautes splendeurs du malouf – *Galou lareb galou, Dalma, Frag erzali, Essebar, Komtara...* Quand il a joué la veille à la télévision une pièce qu'il a déjà sortie en disque, les affaires sont bonnes au magasin, évidemment.

Dans le même temps, nous savons qu'il se murmure des choses chez les musulmans. L'orchestre Raymond est de moins en moins engagé pour des mariages hors de la communauté juive. C'est peut-être plus prudent de ne pas embaucher des musiciens juifs, on ne sait jamais... Et puis le FLN proclame une sorte d'austérité révolutionnaire. Il n'est pas de bon ton de faire la fête, de danser, de dépenser de l'argent en festivités et en musique. D'ailleurs, le FLN va décider que l'on ne doit plus jouer de musique dans les bars et cabarets de la Casbah d'Alger, ce qui provoquera le marasme pour les musiciens de chaâbi.

C'est un paradoxe : alors que Tonton Raymond ne joue quasiment plus dans des fêtes ou des mariages musulmans, il devient beaucoup mieux que le Cheikh respecté par les amateurs de musique : il est une star dont tous les Constantinois connaissent le visage et la voix.

Une seule fois, je décide de « sécher » la classe un mercredi, prétextant une maladie soudaine. Le vendredi, le directeur de l'école me demande avec un sourire sarcastique si je suis bien rétabli. Évidemment, il m'a vu à la télévision le mercredi soir, accompagnant Cheikh Raymond dans son concert télévisé.

Les copains qui m'ont soutenu pour le concours de chansons et qui aiment que je chante dans nos surprises-parties sont mes premiers fans. Ils s'amusent à m'acclamer comme si j'étais une star. Un mercredi soir, je joue avec l'orchestre de Cheikh Raymond à la télévision de Constantine. Ils viennent au studio et, quand je sors, ils me félicitent de manière très démonstrative. Or je sais que mon improvisation n'a pas été bonne. Je ne peux dire pourquoi. Pas d'inspiration, trop de confiance en moi, pas assez d'attention aux autres membres de l'orchestre, je ne sais pas... En tout cas, Tonton Raymond a forcément remarqué que j'étais en dessous de mon niveau habituel et en dessous du niveau de l'orchestre.

Il me prend à part sans élever la voix. Il me fait remarquer le décalage entre les félicitations bruyantes de mes copains et la qualité réelle de ce que j'ai joué. Il me prévient : si je me contente des acclamations d'adolescents qui ne connaissent rien à la musique, je n'arriverai jamais à retrouver la rigueur indispensable à cette musique. Je n'en mène pas large et il m'annonce mon châtiment : je ne jouerai plus avec lui tant que je n'aurai pas remis de sérieux dans mon jeu et dans mon comportement. Je suis mortifié. La punition va durer six mois.

Six mois pendant lesquels je continue à travailler avec Tonton Raymond chez lui, à répéter avec d'autres musiciens de l'orchestre mais sans me produire en public, ni à la radio ou à la télé. Une belle leçon.

J'ai bientôt 22 ans et je reçois encore ce genre d'enseignement de Tonton Raymond. C'est un maître, en même temps que je me prépare à vraiment entrer dans sa famille. Après beaucoup de regards timides, de patience et de

pudeur, Suzy et moi nous sommes avoués notre amour juste avant mon départ à Fontainebleau. Tout le monde connaît nos sentiments mais on n'en parle pas officiellement. Quand nous nous décidons à nous engager, j'en parle à mon père qui décide qu'il faut suivre les usages. Il ira en mon nom demander la main de Suzy à son père. Tonton Raymond et lui se voient tous les jours au magasin, mais il tient à demander un rendez-vous et à accomplir la démarche solennellement. Comme tout cela doit avoir lieu hors de ma présence, je traîne dans les rues en attendant que l'entrevue soit terminée. Et soudain je vois Tonton Raymond qui sort d'un magasin. Il m'accoste avec le sourire. « Gaston, qu'est-ce que tu fais là ? – Eh bien, mes parents m'avaient dit que je ne devais pas être là quand...
– Arrête avec ça, viens. »

Mon père rongeait son frein en attendant son associé dans son salon. Il nous voit arriver ensemble. Il n'y aura pas de demande officielle en mariage. Et les fiançailles, dans le grand appartement des Comte au palais Ardoin, sont un souvenir magnifique. Nous mangeons, buvons, dansons, chantons. On pourrait croire que la vie est belle et que nous avons l'avenir devant nous sous le ciel bleu de notre pays.

8

22 juin 1961

Quand on me demande comment nous nous sentions pendant la guerre, nous autres juifs de Constantine, je dis toujours la même chose : nous étions nés en Algérie comme nos parents et nous avions la nationalité française depuis le décret Crémieux. Avec le recul, on peut comprendre que nous nous soyons trouvés entre le marteau et l'enclume, mais pendant toutes ces années-là, nous avons espéré pouvoir rester sur notre terre, avec notre nationalité française.

Mais quand je dis « nous », je résume, évidemment. En fait, chaque juif d'Algérie compose d'une manière personnelle son propre dosage entre l'amour de la France et l'amour de l'Algérie. Et ce dosage peut varier chaque jour en fonction des événements ou selon une lente évolution de ses convictions.

Mon père, par exemple, est plutôt un homme de droite assez franchement attaché à l'Algérie française. Tonton Raymond a une sensibilité beaucoup plus à gauche et beaucoup d'indices tendent à prouver qu'il est partisan de l'autodétermination algérienne – et donc de l'indépendance. Et qu'il pense à tout ce qu'il faudrait faire pour la défense et la transmission de la musique et de la culture algériennes. Il avait envisagé de partir définitivement en France, mais dit y avoir renoncé. Mais je ne sais pas s'il n'aurait pas changé d'avis encore une fois, si ses assassins lui avaient laissé le droit de vivre.

Si je parle ainsi de Cheikh Raymond, c'est aussi pour faire comprendre à quel point cette guerre est atroce. Ce n'est pas une guerre de l'Algérie contre la France, mais une guerre à l'intérieur de chacun. Qu'est-ce qu'il faudrait dire des milliers d'Algériens assassinés par le FLN alors que, pour beaucoup d'entre eux, ils étaient partisans de l'indépendance ? Qu'est-ce qu'il faudrait dire de ces militants de l'Algérie algérienne qui n'imaginaient pas vivre et travailler ailleurs qu'en France ? Qu'est-ce qu'il faudrait dire de ces « musulmans modérés », comme on les appelait au début de la guerre, et qui auraient voulu pour leur pays une autre voie que le sang et les larmes ?

Ce que nous avons vécu était terrible. Mais à l'atrocité de la guerre, on a ajouté le mensonge. On raconte aujourd'hui en Algérie que les juifs ont opté pour la France par choix, que personne ne les a chassés, que personne ne leur voulait de mal. Et même que si l'on s'en est pris à eux, c'était par antisionisme, pour venger la cause palestinienne.

À aucun moment pendant cette guerre, je n'ai entendu parler de la Palestine et des Palestiniens. Je me souviens bien des discours des uns et des autres à cette époque. Quand la guerre commence, j'ai 15 ans et je parle arabe. J'entends les conversations, je lis les journaux et les tracts. Et si on parle de solidarité, c'est avec l'Égypte de Gamal Abdel Nasser, c'est avec la cause du panarabisme. Il n'y a pendant toute la guerre aucun discours contre les juifs au nom de la tension entre Israël et ses voisins. Quand les nationalistes algériens décident de s'en prendre aux juifs, ça n'a rien à voir avec la situation des Palestiniens.

Je le dis très solennellement : Israël n'est vraiment entré dans ma vie qu'après mon arrivée en France ; quand je vis en Algérie, c'est une idée, une belle idée qui nous fait bomber le torse, mais une idée lointaine.

Je me souviens de mon père, l'oreille collée au poste, qui écoute les émissions en français de la Voix d'Israël, Kol Israel. Pour nous, la naissance de cet État est une grande nouvelle. J'ai 10 ans et je sens bien que c'est une fête. J'ai beau ne pas tout savoir encore de la Shoah, c'est évidemment une nouvelle magnifique après ce que les juifs ont vécu en Europe ou même dans l'Algérie tenue par Vichy. Mais on ne pavoise pas non plus. On en parle dans les familles, à la synagogue, mais on sait aussi que la sympathie de beaucoup de musulmans peut aller vers l'union de pays arabes qui attaquent Israël dès la proclamation de son existence.

Cette première guerre, en 1948, est suivie de près à Constantine. On admire ces juifs qui se battent contre un ennemi tellement supérieur en nombre et qui tiennent tête aux grandes puissances. Même à mon niveau d'enfant, cela a une influence : jusque-là, j'allais en ronchonnant à mon cours d'hébreu à l'Alliance ; je ne comprenais pas à quoi ça me servait, j'avais bien assez du français, de l'arabe et de l'anglais, que je savais devoir apprendre bientôt au collège. Avec la naissance d'Israël, j'y vais de bon cœur. C'est le premier signe tangible d'un changement.

Quant à partir là-bas, c'est une autre histoire. J'ai conscience que l'Algérie est mon pays natal et que je suis français – j'ai assez entendu autour de moi la satisfaction des adultes d'avoir retrouvé la nationalité française après la Libération. Israël n'est pas le pays dans lequel je vis, ni dans lequel je rêve de vivre. Israël est le pays du Livre.

Car il y a deux chemins pour parvenir à Israël : le sionisme de Théodore Herzl et le sionisme religieux. Dans ma famille, dans mon milieu, dans mon quotidien, on prie chaque jour en disant « l'an prochain en Heretz Israël ». Et voici qu'après deux mille ans, bien qu'éparpillés en diaspora, les juifs ont préservé leur identité et ont enfin un État. Nous sommes fiers, nous sommes heureux, nous sommes solidaires de nos frères qui bâtissent l'État d'Israël. Mais nous sommes bien où nous sommes, à Constantine. Si nous aimons Israël, c'est religieux. Nous ne sommes pas ce que nous appelons alors des sionistes. Nous avons même le sentiment que la création d'Israël est surtout une histoire de juifs européens.

Que ce soit bien clair : pour mon père, pour Tonton Raymond, pour l'écrasante majorité des gens autour de nous, il n'est pas question de partir vivre ailleurs, et même là-bas. Pourtant, Israël nous adresse des messages. À l'Alliance, on trouve de magnifiques brochures sur l'État que nos frères sont en en train de construire. Régulièrement sont organisées des conférences, des projections de diapositives, des rencontres avec des jeunes gens souriants qui nous racontent la vie dans les kibboutz et dans les nouvelles villes d'Israël. Quelques Constantinois partent là-bas, comme un certain Choukroun, fils d'un grand rabbin. Il fait son alya très tôt, dans l'enthousiasme des pionniers, des années avant que ne commencent les « événements » d'Algérie. Ceux qui partent sont des Constantinois très engagés religieusement. Jusqu'à la fin de la guerre d'Algérie, nous refuserons d'imaginer vivre ailleurs que chez nous.

D'ailleurs, il n'y a pas que pour les juifs que le Proche-Orient n'est pas une obsession. Aujourd'hui, il est de bon ton en Algérie de parler de la solidarité du FLN avec le peuple palestinien et de dire que les juifs d'Algérie sont tous partis en Israël. C'est un pur mensonge. Quand les juifs d'Algérie ont été chassés de leur pays, très peu iront en Israël.

La quasi-totalité des juifs sont partis vers le pays dont ils avaient la nationalité, la France. Oui, nous choisissons la France. Ce n'est pas toujours un choix de raison. C'est par amour. Il n'est pas question de trahir le drapeau qu'on nous a donné, même s'il est peut-être un cadeau empoisonné.

Mais personne ne nous a vraiment proposé non plus le drapeau algérien. Il n'y a pas de discours très clair du FLN sur les juifs. Le FLN ne se dit pas laïque mais musulman, ce qui n'est pas forcément de nature à nous rassurer. À Constantine, nous nous souvenons du 5 août 1934, même si nous savons aussi que cette émeute musulmane a certainement été commanditée en sous-main par les Croix-de-Feu. On se souvient que l'Empire ottoman nous a fait beaucoup de mal, que des filles étaient enlevées sur le chemin du bain maure, que les juifs n'avaient pas le droit de marcher sur les trottoirs. On sait que certains musulmans n'acceptent toujours pas l'inégalité du décret Crémieux qui nous a donné la nationalité française sans la leur accorder, et que la Libération les déçoit atrocement. Mais, au quotidien, nous nous sentons en paix avec eux.

Beaucoup de juifs, et même parmi mes proches, pensent que l'on pourrait s'accommoder d'une Algérie indépendante, que la France pourrait partir mais pas nous, puisque nous sommes algériens depuis toujours. Et il y a même un certain nombre de juifs qui soutiennent le FLN, comme un avocat chez qui travaille une des sœurs de Suzy.

Quand des grenades sont lancées dans des synagogues, quand des rabbins sont assassinés, quand la grande synagogue de la Casbah d'Alger est mise à sac, il y a encore des juifs pour croire que ce sont des événements isolés, des bavures, des actions d'éléments incontrôlés. Mais, les uns après les autres, nous finissons par comprendre que, pour le FLN, on n'est pas algérien si on n'est pas musulman.

J'ai même des copains juifs qui combattent pour la révolution algérienne, comme mon ami Jacky Melki. Nous avons grandi ensemble, nous sommes frères de lait. Il est comme moi devenu instituteur à Châteaudun-du-Rhumel et, si nos mères sont des amies très proches, sa famille est une des seules chez les juifs de Constantine à afficher des convictions communistes. Alors, quand il me fait la confidence qu'il va partir rejoindre un maquis du FLN, je suis furieux. « Mais, Jacky, ce sont nos ennemis. – Mais non, Gaston. L'anticolonialisme... »

Et Jacky disparaît donc de la circulation. Quelques mois plus tard, je monte une pièce de théâtre sur des textes de Jacques Prévert, *C'est à l'aube*, et nous obtenons quelques contrats pour des représentations en Algérie, en Tunisie et au Maroc. Quand nous arrivons à l'aéroport de Tunis, je vois venir vers moi un homme avec une barbe très fournie. C'est Jacky. J'ai d'abord du mal à le reconnaître. Ses vêtements sont sales, il est amaigri et surtout désespéré. Il a vu mon nom sur une affiche annonçant le spectacle et est venu se poster à l'aéroport en espérant que je débarquerai de l'avion de Constantine.

Il était dans un camp du FLN près de Tunis et il s'est échappé quand il a compris que les juifs et les communistes étaient isolés et rassemblés. La ligne des nationalistes algériens est désormais strictement musulmane et, effectivement, des juifs qui ont rejoint leurs rangs vont être liquidés. Melki se planque à Tunis et il ne sait comment rentrer chez lui. Il ne peut pas se présenter à la frontière avec l'Algérie et dire aux soldats français: «Je suis allé me battre du côté du FLN mais j'ai compris que j'ai eu tort et maintenant je veux rentrer à la maison.»

Or il y a un Tunisien dans notre troupe, un nommé Nataf. Je lui demande d'aller chez ses parents pendant quelques jours en nous laissant son passeport. Je fais mes débuts de faussaire en remplaçant sa photo par celle de Melki – il faut bien reconnaître que ce n'est pas bien difficile, à l'époque, de falsifier des papiers d'identité. De toute façon, les contrôles sont assez débonnaires, surtout avec une bande de jeunes comédiens.

Alors Jacky va faire semblant pendant quelques jours d'être comédien et rentrera avec nous à Constantine et, de là, passera en France. Puis je téléphone à Nataf qui déclare avoir perdu son passeport et s'en fait établir un nouveau. Plus tard, j'ai retrouvé Melki à Paris et j'ai continué à le voir régulièrement pendant des années.

Le 22 juin 1961, je ne sais pas encore s'il fait beau. C'est un jeudi, je n'ai pas classe. Je me suis couché à l'aube après avoir fait la fête toute la nuit au mariage d'un ami. Le couvre-feu imposé par la guerre oblige soit à écourter les fêtes, soit à les prolonger jusqu'à l'aube. C'est ce que nous avons fait, chantant et festoyant jusqu'à ce que les rues s'animent.

Je ne sais pas encore s'il fait beau et, de mon lit, j'entends mon grand-père hurler en arabe. Il a abandonné Jemmapes avec Djermouma après deux grenades lancées dans leur magasin. Là, il hurle en répétant quelques mots que je ne comprends pas du premier coup: «Ils ont tué Raymond!»

Au 8, rue Louis-Biscarrat, je suis seul avec mes grands-parents. Mes parents et mon frère sont en France. Jean-Claude est à Paris chez tata Suzanne alors que nos parents sont à Marseille pour prendre le bateau dans un ou deux jours. Ils sont décidés à rapatrier tout ce que l'on possède vers la France. Mais je crois encore possible qu'ils changent d'avis, comme Tonton Raymond.

Mais quand j'entends hurler mon grand-père, je ne pense plus à rien. Je n'y crois pas, je cours dehors, je ne vois rien, j'entends des bribes de phrases. Je ne sais plus.

Tonton Raymond est allé passer la matinée au magasin. Sa fille Viviane, qui travaille dans une banque, vient le chercher vers midi pour aller déjeuner chez un cousin à « la cité Picasso », comme les Constantinois appellent un groupe d'HLM juste de l'autre côté des gorges du Rhumel. Il faut traverser le marché de la place Négrier, qui est plein ce jour-là. Les enfants ne vont pas à l'école, ce jeudi, et les mères de famille juives les mobilisent pour les courses de shabbat. Car, le vendredi, beaucoup de marchands musulmans ne seront pas là et il faut remplir les paniers pour au moins trois jours. C'est pourquoi le futur journaliste Paul Amar, qui a 11 ans, ou le futur historien Benjamin Stora, qui a 10 ans et demi, sont là quand Cheikh Raymond est assassiné.

Au moment où il s'arrête devant une échoppe où il veut acheter des chaussettes, un tueur s'est glissé derrière lui et lui a tiré une balle dans la nuque. Il va mourir quelques minutes plus tard, transporté à l'hôpital où sa mère avait accouché, quarante-neuf ans plus tôt.

La veillée mortuaire n'aura pas lieu chez lui mais au Midrach, la plus grande synagogue de Constantine, comme pour un rabbin. Les juifs de la ville bravent le couvre-feu toute la nuit pour rendre hommage à Cheikh Raymond.

Le lendemain, son enterrement est peut-être le plus grand rassemblement juif de l'histoire de Constantine – et le dernier. Une foule immense. On dit que toutes les familles juives de la ville sont là. Le ciel est gris, alors que la veille il était bleu. Du Midrach au cimetière juif, de l'autre côté du pont suspendu, le cortège avance en silence. Ce n'est pas seulement un adieu à Cheikh Raymond Leyris.

Nous sommes tous dévastés. Je perds mon maître, je perds mon cher tonton, mais nous perdons tous un symbole. Il faut sa mort pour que tous ressentent au plus profond à quel point Cheikh Raymond Leyris incarnait ce que nous sommes : juifs enracinés dans la culture arabe qui se souvient de l'Al-Andalus, juifs d'Algérie à l'identité trop complexe, trop subtile, trop singulière pour les maîtres de ce nouveau pays qui s'invente dans la violence et dans le sang.

Tonton Raymond avait pensé à s'exiler. Il part en France début mai 1961 avec Suzy. Mes parents sont déjà partis avec Jean-Claude et, chez Suzanne, rue de Picpus, préparent le rapatriement. Officiellement, Suzy doit faire contrôler l'état de son cœur mais, avec son père, elle visite des appartements à Paris et en banlieue. Tonton Raymond cherche un logement assez proche d'une synagogue pour s'y rendre chaque jour à pied, selon l'obligation religieuse. Mais il dit aussi qu'il ne s'imagine pas vivre en France, loin de toute son inspiration.

À Constantine, il y a des rumeurs. Un vendredi, plusieurs hommes se présentent chez lui, emmenés par un percussionniste qui travaille de temps en temps avec Cheikh Raymond. On leur avait dit qu'il était en prison à cause de son implication dans l'OAS. Quand Jacques, son fils, qui a 15 ans, leur dit qu'il est à Paris à cause de la santé de Suzy, ils demandent que Tonton Raymond écrive lui-même quelques cartes postales depuis Paris à des personnes dont ils indiquent le nom. Mes collègues à Châteaudun-du-Rhumel me posent aussi des questions qui montrent bien qu'il court des rumeurs terribles sur Tonton Raymond.

Il y a aussi des bruits sur mon père. On l'a vu travailler avec des produits chimiques dans sa boutique – toujours son rêve de galvanoplastie. Or parler de galvanoplastie dans une phrase en arabe, c'est risquer l'homophonie avec le plastic, qui explose de tous côtés. Des bombes presque quotidiennes, dont on ne sait plus si elles sont posées par le FLN ou par l'OAS.

Et, depuis le putsch des généraux, en avril, de plus en plus de gens en Algérie n'espèrent plus qu'en l'OAS. Nous, nous savons que c'est une organisation très liée à l'extrême droite et que les mêmes qui veulent que l'Algérie reste française sont souvent ceux qui se réjouissaient que les juifs ne soient plus français pendant Vichy. Déjà, il était curieux de manifester pour la France côte avec côte avec des gens qui nous traitent de youpins... Pourtant, chez les juifs, certains espèrent une victoire de l'OAS.

Un soir, début juin, Tonton Raymond annonce à Suzy qu'il rentre à Constantine dès le lendemain. Elle essaie de le dissuader. Mon père aussi. Quand il arrive à l'aéroport de Constantine, un cousin vient le chercher en voiture en compagnie de Jacques. Il insiste pour ne pas aller directement chez lui mais pour rouler lentement dans les rues de la ville, les fenêtres ouvertes. Ainsi, il est sûr qu'on le verra. Il espère sans doute éteindre les rumeurs qui le disent parti pour toujours.

Quant à moi, j'ai un accident. Un copain musulman m'amène à Châteaudun-du-Rhumel mais il vient d'avoir son permis et conduit mal. Si mal qu'on sort de la route. Je suis blessé au menton et emmené à l'hôpital d'Oued Athmenia, à une quarantaine de kilomètres de Constantine. On me garde après m'avoir recousu et c'est là que je reçois un coup de téléphone de Tonton Raymond, qui me demande de mes nouvelles. C'est surtout moi qui m'inquiète. Je lui demande pourquoi il est revenu, malgré les rumeurs. Je pense que si l'on colporte le bruit de son implication dans l'OAS, malgré ses convictions et son attachement à la paix dans notre pays natal, c'est pour couvrir un complot contre lui. J'ai peur pour sa vie et le lui dis. Il me fait cette réponse dont je me souviendrai toujours : « Je préfère mourir ici que vivre en France. »

Juif et arabe, il n'arrivait pas à s'imaginer à Paris. Il ne s'agit pas seulement de chanter, mais de tout le reste. Marcher dans la rue, dîner en famille, prier à la synagogue, deviser avec les voisins... Tout ce qu'il était à Constantine, il ne pouvait pas l'être en France.

Juif d'Algérie en France, il aurait été déraciné. Il ne pouvait pas vivre hors de cette société complexe et belle dans laquelle des hommes de religions différentes vivaient ensemble et célébraient les mêmes splendeurs. S'amputer de l'Algérie lui semblait une épreuve insurmontable.

Voilà pourquoi on l'a tué. Il ne pouvait pas imaginer qu'un juif tel que lui, amoureux de la musique arabe, incarnation de la grandeur de la culture et de l'identité algérienne, puisse ne pas vivre sur son sol natal. Tuer Cheikh Raymond, c'était tuer l'espoir des juifs de vivre dans leur pays.

Si lui, le plus arabe des juifs, le plus pacifiste des juifs, le plus algérien des juifs, ne pouvait pas espérer vivre à Constantine, aucun juif ne pouvait plus y vivre. Alors nous sommes partis.

DEUXIÈME PARTIE

ARRIVER

9

« Ma vie, ma triste vie »

Mon père était plus ou moins décidé à quitter l'Algérie. Plutôt plus que moins, en fait. Le 22 juin, il est à Marseille et doit prendre le bateau pour revenir à Constantine avec ma mère et préparer le déménagement. Comme je n'arrive pas à le joindre, mon frère Jean-Claude saute dans un train à Paris pour les prévenir de l'assassinat de Tonton Raymond. Finalement, ma mère seule prend le bateau. Il y a sur mon père tous ces bruits de plastic qu'il préparerait dans l'arrière-boutique du magasin. En outre, comme il parle beaucoup et très fort, personne n'ignore ses opinions. La rumeur a accusé Cheikh Raymond d'être un soutien de l'OAS alors qu'il n'avait jamais murmuré une phrase en ce sens. Alors mon père pense assez raisonnablement qu'il court un risque mortel en revenant à Constantine.

Jusque-là, les juifs quittaient la ville un par un, sans fracas, en disant qu'ils allaient revenir « quand ça sera fini ». On prétendait qu'on accompagnait les enfants pour leurs études en France ou un grand-père pour son traitement médical. Avec la mort de Cheikh Raymond, c'est le sauve-qui-peut.

À Constantine, Jacques et un copain vident le magasin dans un « cadre », comme on appelle à l'époque les containers de bois destinés aux cales des bateaux. Tous le stock de disques Hes-el-Moknine, le matériel de Raysylophone, les bandes magnétiques, tout part en France. Il faudra attendre 2011 pour qu'une partie de ces enregistrements de Cheikh Raymond soient enfin réédités.

En août, ma mère fera un autre aller-retour à Constantine pour venir chercher Jacques et Michèle, le fils et la dernière des filles de Tonton Raymond. Hermance a décidé de respecter le deuil d'un an au calendrier hébraïque. Elle reste à Constantine avec ses trois autres filles, Céline, Huguette et Viviane. Elles ne tiendront que jusqu'en janvier 1962. Trop de danger... À Constantine, les enfants juifs ne vont plus à l'école, magasins et cafés baissent le rideau, les médecins, dentistes et avocats ferment leurs cabinets, les immeubles se vident dans le quartier juif. La veuve et les filles de Tonton Raymond quittent Constantine une semaine avant André Comte, le frère adoptif qu'il aimait tant, et toute sa famille.

Pour ma part, je dois retourner à Châteaudun-du-Rhumel. J'ai téléphoné au directeur pour lui raconter l'assassinat de Cheikh Raymond et les bruits qui courent à Constantine. Le FLN communique souvent en jetant des tracts sur les trottoirs. Personne ne les ramasse, pour ne pas être suspecté de sympathie, mais on les lit. Et la rumeur court d'un tract qui aurait menacé de « finir le travail » avec les autres musiciens juifs. Je ne veux pas sortir de mon quartier. Mais le directeur insiste : je dois venir émarger à l'école ; sinon, pas de salaire. Finalement, un frère de ma mère me conduit en voiture. Je récupère mon chèque et mes affaires dans mon studio et repars à Constantine.

Les dernières semaines sont consacrées aux préparatifs, dans une atmosphère très lourde. Partout dans

Constantine, des juifs tentent de s'organiser du mieux possible pour l'exil. Le 29 juillet, dans le port de Philippeville, je monte avec mes grands-parents à bord du *Sidi Okba* qui appareille pour Marseille. Le bateau est bondé. Les ponts et les coursives sont jonchés de bagages, de ballots et de gens effondrés qui fuient leur pays. Ma grand-mère s'est vêtue d'une robe marron à l'occidentale. C'est la première fois que je la vois autrement qu'en robe indigène et coiffe traditionnelle. Elle n'a pas seulement l'air triste, elle a l'air incongrue, presque ridicule. Ce n'est pas seulement une vieille dame qui quitte son pays, c'est un pays qui disparaît. Il n'y aura plus d'Algérie multiculturelle.

J'ai à peine 23 ans et je suis submergé d'émotions. Pour ce voyage, je dois veiller sur mes grands-parents qui ont veillé sur mon enfance. Ils me guidaient dans ma découverte de la vie et je les amène maintenant dans un pays qu'ils ne connaissent pas et dans lequel ils n'auraient jamais voulu vivre. J'étais enfant quand ma grand-mère m'a donné la guitare, qui est le bien le plus cher que j'emporte avec moi.

Pendant la traversée, je la sors et je joue machinalement. Il me vient une mélodie. Il me vient surtout des mots. Je n'ai jamais vraiment écrit de texte de chanson mais je note ce qui me submerge à bord du *Sidi Okba* :

J'ai quitté mon pays
J'ai quitté ma maison
Ma vie, ma triste vie
Se traîne sans raison
J'ai quitté mon soleil
J'ai quitté ma mer bleue
Leurs souvenirs se réveillent
Bien après mon adieu

C'est bien une chanson mais j'ai dans l'immédiat d'autres soucis que la chanson. D'ailleurs, je ne retrouverai la mélodie qu'en relisant le texte, plus tard. J'ignore évidemment quelle importance *Adieu mon pays* aura pour ma future carrière et pour ma vie. Mais cette chanson écrite dans ces heures douloureuses est vraiment un adieu:

Soleil! Soleil de mon pays perdu
Des villes blanches que j'aimais
Des filles que j'ai jadis connues

Chassé du pays où je suis né, je sais que ce pays va aussi être éparpillé, dispersé, détruit. Nous vivions dans une ville où nous croisions des amis, des cousins, des voisins juifs, mais aussi musulmans et européens. Ce n'est pas un déménagement, c'est la disparition d'un pays. Nous savons que plus jamais nous ne reverrons cette Algérie. La question n'est pas le lieu géographique où elle se situe, mais la vie que nous y avons eue. Aujourd'hui, on parle beaucoup en France du «vivre-ensemble». Eh bien, il y avait à Constantine un vivre-ensemble dont nous savons que nous ne le retrouverons jamais.

Et la nostalgie d'Al-Andalus avait peut-être cette conséquence que, dans leur conscience, les Arabes, les Ottomans, les juifs, les Berbères, les chrétiens, tous en Algérie pensaient que l'on pouvait vivre ensemble, ou tout au moins côte à côte, sans se nuire.

Sur les bateaux qui nous amènent en France, nous savons que c'est fini. Depuis des semaines, voire des mois, nous passons notre temps en adieux. Des voisins, des copains, des commerçants, des employés dont on sait que c'est le dernier jour à Constantine. Certains ne disent rien, d'autres font des fêtes où l'on essaie d'être joyeux quand même. Certains envoient une carte postale à leur arrivée en France. Certains s'évanouissent dans l'anonymat de la société française et ne reverront plus personne de leur pays natal.

J'ai la chance d'être aujourd'hui célèbre et facile à trouver si on cherche à me joindre. Il suffit d'aller à un concert, d'attendre près du couloir des loges. « Eh ! Gaston ! Tu te souviens ? » C'est un Halimi, un Stora, un Guedj, un Allouche, un Elbaz... Il habitait au palais Ardoin, il était avec moi en cinquième, il me battait à la natation, il jouait avec mon frère, il était le fils du boulanger, peu importe... Toujours, j'ouvre les bras et toujours me reviennent les souvenirs de là-bas. Souvent, aussi, c'est un musulman. Lui aussi, il a été à l'école, dans la rue, au café avec moi. Pour lui aussi, j'ouvre les bras.

Pour beaucoup de Constantinois, les copains, les voisins, les petites amies de l'enfance sont perdus à jamais. Peut-être est-ce pour cela que l'on est beaucoup restés ensemble, une fois arrivés. Notre pays natal n'est pas seulement dans notre mémoire, il est dans tout ce qui nous lie les uns aux autres, juifs de Constantine. Nous savons que nous allons tous devoir reconstruire une vie, mais nous avons envie de rester ensemble. Je raconterai plus loin comment j'ai épousé Suzy ; signalons seulement qu'au cours des deux ans qui suivront notre arrivée en France, quatre filles de Tonton Raymond vont épouser des juifs d'Algérie. C'est un peu comme si nous étions là-bas.

Mais nos aînés vont être nombreux à mourir. Quand je vais aujourd'hui dans les cimetières juifs de la région parisienne, j'ai toujours le cœur serré en voyant les dates de mort sur les tombes : 1961, 1962, 1963... Quand on voit leurs dates de naissance, on comprend que ce sont des personnes âgées qui n'ont pas supporté plus d'un hiver ou deux loin de leur pays et qui se sont laissés emporter, malgré tout l'amour qu'on leur portait. Mes grands-parents disparaîtront en 1965 et 1966.

Nous n'avons pas l'impression de changer mais je deviens pied-noir en France. C'est un mot qui est inconnu en Algérie, ou tout au moins à Constantine. Nous disons « les Européens » et, même si nous avons la même nationalité qu'eux, nous savons que nous n'appartenons pas à la même communauté. D'ailleurs, beaucoup ne nous aiment pas. Nous savons tous que le pogrom du 5 août a été perpétré par des musulmans, mais que des agitateurs d'extrême droite étaient derrière cette affaire et que, ce jour-là, les Européens de Constantine n'ont pas bougé. D'ailleurs, aucun de leurs magasins n'a été pillé.

Plus tard, pendant la guerre l'Algérie, on entend de drôles de choses sur les youpins quand nous sommes ensemble dans les manifestations pour que l'Algérie reste française. Quelques Français d'Algérie ne considèrent pas que les juifs sont des Français comme eux.

Quand tout le monde est rapatrié, nous pourrions être accueillis comme des héros. Après tout, tellement de gens ont été tués ou ont tout perdu parce qu'ils sont français que l'on pourrait imaginer que la France leur marque sa reconnaissance. Non. Les pieds-noirs ne sont même pas accueillis comme des Français. On les traite souvent comme s'ils étaient des étrangers et on leur dit souvent qu'ils viennent manger le pain des Français. En 1962, les Français ne font pas de différence entre Européens d'Algérie, juifs d'Algérie et même musulmans d'Algérie. Ça nous rapproche.

En Algérie, nous n'habitions pas dans les mêmes quartiers mais, ici, nous sommes unis parce que nous souffrons du même mal : la nostalgie. Pendant mes premières années de tournées en France, les villes du Sud où vivent beaucoup de pieds-noirs sont toujours plus enthousiastes, plus chaleureuses. Je ne sais pas, évidemment, si tous ces Européens d'Algérie auraient jeté un regard à Gaston Ghrenassia si nous étions restés là-bas.

Comme tout le monde, j'ai le sentiment qu'avant la guerre juifs, musulmans et chrétiens vivaient en bonne entente. C'est l'Algérie de Camus. Après, sont venus le ressentiment puis la haine. À l'école Montesquieu, à Constantine, puis au collège Moderne et au lycée d'Aumale, je n'ai jamais ressenti de différences entre les communautés. Bien sûr, il y a des groupes, des amitiés, des affinités de gamins. Mais elles ne se construisent pas sur la religion à laquelle nous appartenons.

Rétrospectivement, je dois bien admettre que tout n'est pas sain. Au collège, je choisis l'anglais comme première langue en sixième et l'arabe comme seconde langue en quatrième. Il n'y a pas beaucoup d'Européens dans cette option. Certes, on est avantagé quand on pratique l'hébreu à la synagogue pour parler l'arabe, mais les Européens en général ne parlent pas arabe, à part quelques mots usuels qui servent dans la rue ou sur le marché. Ils estiment n'avoir pas besoin de beaucoup plus. C'est aux indigènes d'apprendre à parler français.

Notre manuel d'arabe est celui qui est en usage dans les collèges de la République. Ma première leçon d'arabe dialectal dit: « Le Mozabite est plus économe que le juif. » Aujourd'hui, je me demande ce que l'on voulait faire apprendre aux enfants... Ce n'est pas une Algérie unie, harmonieuse, pacifiée, qui est dans ce manuel d'arabe. Et, pourtant, j'ai connu une Algérie plurielle et tolérante dans ma ville natale. Elle s'est effondrée dans les larmes et dans la peur.

Et j'avoue que, sur le coup, je ne sais même plus si on me chasse ou si je me sauve. Je préfère être vivant ailleurs que mort dans mon pays; mais je suis traumatisé à vie que l'on m'ait imposé ce choix entre la valise et le cercueil. Je ne sais pas quelle cause, en Algérie ou ailleurs, mérite que l'on inflige cela à des humains. Qu'ils soient juifs, arméniens, palestiniens, chaldéens ou tutsis.

Donc, quand nous arrivons à Marseille, nous sommes attendus par mon père, ma mère, mon frère et Suzy. Nous allons d'abord quelques jours chez mon oncle Gilbert, qui tient un restaurant à Nice. Puis nous nous arrêtons une quinzaine de jours chez Benjamin, beau-frère de ma grand-mère qui tient un hôtel à Vichy. Il nous amène tous dans sa voiture à Paris, où nous nous entassons chez ma tante Suzanne, rue de Picpus. Nous sommes huit dans le petit appartement et nous étalons partout des matelas le soir pour dormir. C'est une vie chaleureuse qui rappelle les rites de la fête de Pessa'h à Constantine, lorsque que tout le monde dort sur place après le repas et la très longue liturgie du second soir de la fête. Mais c'est aussi assez pesant, évidemment.

Puis mon père trouve une petite maison en face du cimetière, à Asnières. Je vivrai chez ma tante Suzanne encore quelque temps, notamment parce qu'il y a de vives tensions entre mon père et moi.

La tradition juive milite pour que les générations montantes apprennent à se débrouiller seules. Par exemple, un père ne peut pas contraindre son fils à aller prier à la synagogue. Celui-ci doit le décider seul et accomplir seul et sans contrainte le chemin qui mène à l'Éternel.

Chez nous, juifs d'Algérie, cet impératif est très affirmé. Chacun doit trouver seul la solution à ses problèmes, même s'il peut compter sur la solidarité des siens. Et comme je suis d'un caractère plutôt orgueilleux, il n'est pas question que je me repose sur mon père pour assurer ma subsistance. Je dois reconnaître que j'ai eu, dans les années qui suivent, quelques coups de chance. Par exemple, le Caveau de la République m'a sauvé quand j'allais devoir recommencer à courir les petits cabarets pour gagner trois sous. À l'époque, j'aurais préféré me faire couper un bras que demander de l'aide à mon père.

Mais n'anticipons pas. Ou plutôt si. Quand j'arrive en France, ce sont les grandes vacances et je demande un poste d'instituteur. Pas de réponse. Aucune réponse dans la semaine, dans le mois, dans le trimestre, dans l'année. Je pense que c'est fini et que, pour une raison ou pour une autre, l'Éducation nationale estime n'avoir aucune obligation envers moi.

Alors je mène ma vie, je commence ma carrière. Je deviens un artiste qui se pose des questions d'artiste. Une de mes ambitions est de passer à l'Olympia. Je ne sais pourquoi, Bruno Coquatrix ne croit pas en moi. Il pense que je vais être un feu de paille et que l'on n'entendra bientôt plus parler d'Enrico Macias. Pendant ce temps, il propose aux Compagnons de la chanson de venir chanter deux semaines, ce qui assure des salles combles à l'Olympia. Les Compagnons ne sont pas très chauds, en l'absence d'un gros tube à ce moment. Alors ils proposent de me prendre en première partie, ce qui étoffe le spectacle et sera forcément intéressant pour les critiques de la presse. Coquatrix accepte à contrecœur. Gros succès. Je chante six chansons et je casse la baraque ; les Compagnons chantent leurs grands succès et cassent la baraque.

Le soir, Coquatrix m'invite dans son appartement au-dessus de l'Olympia et me fait la rituelle platée de spaghettis autour de laquelle il a l'habitude de traiter les affaires. Il me propose carrément de succéder aux Compagnons en haut de l'affiche. Ce serait une énorme promotion pour moi mais ce serait très humiliant, symboliquement, pour mes copains, c'est grâce à eux que je fais l'Olympia et ils m'ont « pistonné » uniquement parce qu'ils aiment mes chansons. Je le dis à Coquatrix, mais il insiste : « Profites-en, Enrico, c'est une occasion qui ne se représentera jamais. – Mais si, Bruno. Si dans un an je ne mérite pas de passer en vedette à l'Olympia, je n'ai aucune raison d'accepter de le faire maintenant. »

Nous sommes en mars 1964 et je suis en pleine ascension. Je me pose des questions qui engagent ma carrière, notamment en tenant tête au patron de l'Olympia, le plus grand music-hall français. Et voici que je reçois une lettre de l'Éducation nationale. Trois ans après ma demande, on me répond enfin. J'ai le choix entre plusieurs remplacements dans différentes villes lointaines de province. Je dois me présenter dans quelques jours. Je ne me souviens même plus si j'ai répondu. Et j'ai fait l'Olympia en vedette l'année suivante, comme je l'avais proposé à Bruno Coquatrix. Voici pour l'accueil de l'Éducation nationale.

Quant à mon père, je me fâche avec lui dès mon arrivée à cause des allocations. Car l'administration a prévu que les rapatriés auront droit à un pécule en arrivant en France. Je l'accompagne à l'adresse que l'on nous a donnée, boulevard Gouvion-Saint-Cyr. La queue est interminable. Nous nous mettons dans la file mais j'explose.

« Je ne suis pas un mendiant, je m'en vais.

– Mais qu'est-ce que tu fais ?

– Je pars.

– Comment ça, tu pars ?

– Je ne vais pas faire la queue. On nous a obligés à partir et maintenant on nous oblige à faire la queue.

– Mais tu as une autre solution, Gaston ?
– Non, mais je ne vais pas tarder à trouver.
– Alors reste ici.
– Pas question.
– Si tu t'en vas, tu ne reviens pas à la maison.
– Tant pis. Je ferai la paix quand j'aurai une situation. »

Je ne fais pas la queue, je m'en vais mais on se réconcilie vite, mon père et moi. C'est à cause de la musique qu'on va vraiment s'engueuler.

10

Le plateau

Un jour, mon père me dit : « Viens, on va jouer. » La musique andalouse me manque, mais ici, ça ne me semble pas possible. Ce n'est pas qu'une question de décor. Je n'imagine pas jouer sans Cheikh Raymond.

Mais mon père veut jouer. Il ne trouve pas d'autre travail et je comprends qu'il essaie de gagner sa vie comme il le fait depuis une vingtaine d'années, en jouant du violon et en donnant du plaisir aux gens. Surtout, ça lui manque, ça lui manque horriblement. Ça lui manque presque plus que tout le reste. Mais je dis non. « Je veux que tu viennes. – Non. – Je le veux ! » On s'engueule un bon moment avant que je lui obéisse.

Il a trouvé un engagement dans un bar près de Saint-Paul, là où des séfarades s'étaient déjà installés avant la Seconde Guerre mondiale. Mon père est un génie quand il joue avec Cheikh Raymond. Mais sans lui, il doit tout jouer au violon, même le rythme. Il joue pour faire danser, pour amuser, pour divertir. Il sacrifie le côté mélodique et savant. Je n'aime pas du tout. Musicalement, c'est horriblement frustrant, malgré tout le respect que je dois à mon père et à son violon.

Nous ne sommes que quatre, avec Henri et Koubi, deux frères qui sont arrivés d'Algérie bien avant le rapatriement et qui jouent des percussions en amateurs. J'ai de bons souvenirs avec eux. Ils jouent bien et avec passion. Parfois, ils oublient presque qu'ils sont musiciens quand je joue quelque chose qui leur plaît. Pour un peu, ils applaudiraient au lieu de jouer. Ils me consolent un peu de l'ambiance.

À Constantine, avec Cheikh Raymond, nous jouions devant des passionnés, des connaisseurs. Et si, dans un mariage ou une fête de famille, quelqu'un n'aimait pas la musique andalouse, il respectait les musiciens et se tenait à l'écart sans embêter personne. Mais là, nous jouons devant des soiffards, des types qui n'ont rien d'autre à faire de leur soirée, qui braillent et qui croient amuser la galerie en gâchant la musique. À chaque fois, je m'engueule avec des clients. J'en viens même aux mains plusieurs fois. Et, invariablement, ça finit en dispute avec mon père. Après quelques soirées désastreuses, je refuse de continuer, ce qu'il prend évidemment très mal. Nous allons rester fâchés pendant un an. Quand nous nous reverrons, j'aurai commencé ma carrière dans les variétés.

J'ai pourtant quelques occasions de travailler comme guitariste grâce à des artistes orientaux. Quand j'arrive à Paris, je rencontre Carlaoui, un chanteur et musicien qui m'appelle pour faire une guitare dans une publicité. Il fait partie de l'orchestre Missoum, un orchestre algérien très connu, auquel il me présente. Missoum m'engage mais il joue surtout du chaâbi, la musique de danse algéroise. La première fois que je joue avec eux, nous n'avons même pas répété. À chaque titre, l'orchestre « fait tourner » une fois pour que je repère la tonalité, le rythme et la mélodie, et je rentre à la deuxième. Même si je n'en ai jamais joué et très peu écouté, je m'adapte aussitôt au chaâbi grâce à mon expérience de la musique andalouse avec Cheikh Raymond.

À la même époque, je joue quelquefois à la radio dans l'orchestre de Lili Labassi, le père de Robert Castel, mais rien qui ressemble à la promesse d'une carrière. Je comprends aussi que les Algérois qui dominaient à la télévision et à la radio chez nous dominent aussi dans les cabarets orientaux parisiens. Ils laissent une petite place aux Oranais mais nous, les Constantinois, nous n'avons pas le réseau qui permettrait de vivre dignement de notre musique à Paris, et c'est sans doute ce qu'avait senti Tonton Raymond en venant en France peu avant sa mort.

Voilà pourquoi aussi mon père, qui était le bras droit du plus grand musicien de l'Est algérien, se retrouve à jouer dans des bars pour des soiffards du samedi soir. J'aurais pu continuer à jouer avec lui. Même dans ces conditions, il arrivait que je gagne plus que dans mes premiers cabarets de chanteur « français », malgré tout ce que je pense de l'ambiance et du public. Mais ni en 1961 ou 1962, ni plus tard, je ne reconnais le violoniste que j'ai connu avec Tonton Raymond. Comme il n'a pas de musicien à sa hauteur, il est obligé de tout faire. Et il le fait beaucoup moins bien qu'en Algérie.

Au lieu de s'appuyer sur les percussionnistes, il doit les guider avec son violon. Les rares fois où je joue avec lui, je vois bien qu'il a aussitôt plus d'assise, que son jeu a plus de consistance. Mais dès que je ne suis pas à la guitare, il retombe dans une manière de jouer qui n'a rien à voir avec Constantine. Or il n'est pas du tout gêné par le fait d'avoir de mauvais musiciens avec lui. Pourvu qu'il joue.

Il ne veut que ça : jouer. Bien sûr, c'est un moyen de gagner sa vie mais ce n'est pas l'argent qui le motive. Pendant toutes ses années avec Cheikh Raymond, il s'occupait du magasin et de toutes les questions financières au nom de leur orchestre. Pourtant, il n'est pas vraiment un commerçant. De toute manière, s'il avait vraiment voulu gagner beaucoup d'argent, il n'aurait pas été musicien, même en Algérie.

Quand je vais jouer avec lui, j'ai l'impression de faire la manche et cette façon de gagner sa vie m'écœure un peu. En Algérie, les musiciens vivaient par le *rachka* – il n'y a pas de mot en français, c'est le verbe arabe qui désigne le fait de lancer de l'argent, en l'occurrence sur un plateau. Mais j'avais la chance, quand nous étions avec Cheikh Raymond, de ne pas avoir à subir cela de manière aussi humiliante qu'à Paris.

Là, c'est laborieux, personne n'a le panache des connaisseurs qui, à Constantine, lâchaient de gros billets après un passage virtuose. À Paris, très peu de gens connaissent le beau répertoire et la technique. Tout est plus étroit, mon père connaît beaucoup de monde dans la salle, et il fait bien attention à jouer les chansons préférées de chacun pour ramasser le plus possible. Un soir dans les années soixante-dix, personne ne met d'argent sur le plateau pendant une heure. Alors il chante sur l'air de la chanson d'Alain Souchon : « Allô maman bobo, *makach en fil el* plateau » – il n'y a rien dans le plateau. Une manière de demander que les spectateurs vident leurs poches...

J'aime vraiment mon père mais il fait des choses qui ne me plaisent pas du tout. J'ai hérité de lui la passion de la musique et le punch quand je joue, même si nous n'avons pas du tout le même tempérament. Il est je-m'en-foutiste et n'a jamais de souci. Moi, je suis comme ma mère, toujours inquiet, toujours perfectionniste. Je ne pourrais pas jouer avec des musiciens ringards et il ne comprend pas que je le lui reproche. Il hausse les épaules. De toute façon, il me demande toujours pourquoi je me fais du souci.

Je ne dis pas qu'il est insensible. Il pleure chaque fois qu'il entend la voix de Tonton Raymond, il sera dévasté par la mort de mon petit frère. Mais, de manière générale, rien ne semble l'atteindre, rien ne semble l'inquiéter. Il ne comprend pas ce qui me gêne avec ses soirées où il compte les billets sur le plateau. Surtout, il ne comprend pas que le décor a changé.

Il n'y a pas d'autre mot : le décor a changé. Si Tonton Raymond avait été en vie, je pense qu'il n'aurait jamais accepté de chanter dans ces conditions. Comment reconstituer le foundouk loin de Constantine ? Même à Saint-Paul, c'est impossible. Il manque tout l'environnement. Il manque les musulmans. On ne peut pas faire cette musique seulement entre juifs. D'ailleurs, même quand des musulmans constantinois viennent spécialement à Paris pour entendre jouer mon père Chez Berthe, ce n'est plus comme avant. Il joue quelques morceaux andalous, pas plus. Ce n'est pas qu'il a oublié, mais il n'a pas avec lui des musiciens capables de jouer le même répertoire qu'avec Cheikh Raymond.

Peu à peu, pourtant, je comprendrai ce que mon père rêve de faire. Avant la guerre en Algérie, le malouf n'existait pas en France. Si Cheikh Raymond et lui étaient venus à Paris, ils n'avaient jamais joué ici. Mon père sait qu'il ne retournera pas en Algérie et pense que si on ne joue pas la musique andalouse en France, elle mourra. Selon lui, il faut aller dans les cafés et les restaurants pour convaincre les Constantinois rapatriés de faire venir un orchestre oriental dans les mariages et les bar-mitsva. C'est son combat, c'est son plaisir. Mais il n'aura plus jamais les mêmes musiciens ni le même public.

D'ailleurs, je mettrai des années – des dizaines d'années, même – à en prendre conscience : si on n'a plus pu jouer le malouf au même niveau en France, avec uniquement les musiciens juifs chassés d'Algérie, on n'a plus pu le jouer là-bas non plus ! Dans l'orchestre de Cheikh Raymond, nous étions trois juifs et trois musulmans. Dans les concerts, le public était mélangé et il a vraiment fallu la guerre à outrance pour que les familles musulmanes cessent d'engager l'orchestre Raymond pour les mariages. Plus jamais ensuite il n'y a eu à Constantine un maître de la valeur et du savoir de mon beau-père. Plus jamais.

Avant l'assassinat de Cheikh Raymond et notre exil, personne n'aurait dit que le malouf n'avait cette beauté que parce qu'il était la culture partagée des juifs et des musulmans de Constantine. Je ne sais pas si un musicologue pourrait même l'expliquer. Mais les faits sont là : un certain nombre de musiciens algériens de talent sont apparus après l'indépendance mais cette musique n'a jamais plus retrouvé la beauté et l'aura de ses temps anciens.

Au fond, c'est pour cette raison que je bifurque. Je suis fou de cette musique et, si je m'étais obstiné à essayer de ne jouer que la musique de là-bas, j'aurais végété. Si j'ai pu monter mon hommage à Cheikh Raymond au Printemps de Bourges et à l'Olympia, c'est justement parce que j'étais devenu célèbre avec la chanson – et presque quarante ans après mon arrivée en France !

Tonton Raymond l'avait peut-être senti. Au retour de son dernier voyage à Paris, au printemps 1961, il me fait la surprise de faire imprimer les partitions de mes premières chansons. De vrais « petits formats » professionnels, avec le texte et la musique, et mon nom en toutes lettres en tant que compositeur, pour la première fois. C'est comme si Tonton Raymond admettait que la variété française était une possibilité admissible. Pourtant, j'avais commencé en me cachant de lui, et il ne m'avait jamais encouragé explicitement. Au contraire, en me punissant après les démonstrations bruyantes de mes copains, j'avais l'impression qu'il réprouvait fermement la musique de variétés. Mais nous n'aurons pas le temps d'en reparler avant qu'il soit assassiné.

Alors, malgré tout, je rends hommage à mon père qui s'est battu pour que perdure la musique andalouse à Paris. Il tente de garder vivante la tradition dans les bar-mitsva, les mariages et quelques lieux de nuit. C'est un grand violoniste et un bon chanteur mais il n'a pas le public qui oblige à se surpasser, qui remarque chaque erreur et chaque étincelle de talent. Pendant des années, mon père va donner rendez-vous aux amateurs de malouf le samedi soir, après shabbat, Chez Berthe, rue de Mulhouse, près de la gare de l'Est. Berthe fait une excellente cuisine constantinoise et il y a de la musique jusqu'à 6 ou 7 heures du matin. Je vais parfois y rejoindre mon père – pas assez souvent, selon Berthe. On y entend aussi souvent Simone, une chanteuse de Constantine. Quand Berthe est morte, il y a quelques années, je suis allé la veiller. Elle a fait beaucoup pour la musique andalouse. Et pour mon père.

Quant à moi, je lui ai rendu hommage dès 1977, à l'Olympia, avec *Le Violon de mon père*:

Sur le bateau où nous allions chercher notre avenir
Nous lui avons confié nos souvenirs
Il les a bien gardés et si vous en doutez
Il vous suffit de lui demander
Vous l'entendrez gémir quand il raconte nos malheurs

Vous le verrez sourire quand il raconte nos bonheurs
C'est un livre d'histoire, le violon de mon père
Il a tant de mémoires, le violon de mon père.

Et il vient jouer avec moi sur scène. Une autre fois, quelques années plus tard, nous serons trois générations ensemble à partager cette chanson : mon père, mon fils Jean-Claude et moi.

11

« Ça va, ce nom ? »

Je ne serai pas un musicien oriental. Tant pis. Il me reste la chanson. Après tout, j'ai mes premières chansons écrites avec Lucien Halimi – *Par ton premier baiser, Chiquita...* – et j'ai assez chanté de Dalida et d'Aznavour pour savoir que je peux tenter ma chance. Mais s'il m'est possible d'aborder les cabarets orientaux de Paris, je n'ai pas la clé des cabarets « normaux ». Heureusement, tous les Constantinois ne tirent pas le diable par la queue. Suzy et moi sommes apparentés à un personnage haut en couleur, Raymond Nabet. Il est le cousin germain de la mère de Suzy, Hermance, et il est aussi le cousin germain de mon père puisque le père de Raymond s'était marié plusieurs fois, notamment avec la sœur de ma grand-mère paternelle.

Il appartient à cette partie de la famille de ma grand-mère qui vit depuis toujours à Paris et qui comprend quelques personnages pittoresques. Ils n'ont pas souffert de la guerre d'Algérie mais de la Seconde Guerre. Un frère de ma grand-mère a échappé à la déportation grâce à un mariage blanc avec une Auvergnate avec qui il reste très lié. On l'appelle tonton Mouton parce que, quand il était enfant, il donnait de grands coups de tête quand il se bagarrait. Quand je rencontre sa vraie épouse, tata Poupousse, je suis surpris parce que je croyais qu'il était marié à l'Auvergnate avec qui je l'ai vu plusieurs fois.

La mère de Raymond Nabet, quant à elle, était restée au pays mais, avec cette famille à Paris, il a pu venir dès les premiers temps de la guerre en Algérie. Mais il continuera à faire du commerce avec les Algériens après l'indépendance. Il achète des lots d'appareils ménagers, vend des vêtements...

C'est un noceur et il m'adore. Quand j'ai mes premières chansons, il décide de m'aider. Sa méthode est originale. Si le patron m'engage, il lui promet de dépenser au moins 500 francs – des nouveaux francs ! – dans le cabaret. Ça me paraît curieux : il lâche un énorme billet alors que je gagne 10 ou 20 francs. Je lui demande : « Mais pourquoi tu ne me donnes pas directement les 500 francs ? – Il faut que tu chantes. » Grâce à lui, j'ai mes premiers engagements dans des cabarets. Je passe au Robinson Moulin-Rouge, sous le cabaret à paillettes du Moulin-Rouge. Puis dans un établissement de la rue Fontaine. Je ne roule pas sur l'or, les spectateurs n'ont pas toujours l'air passionnés par mes chansons, mais j'ai conscience qu'une carrière ne se fait pas sur un coup de baguette magique. Je suis impatient mais je me convaincs d'apprendre à attendre.

Mon oncle Gilbert de Nice m'aide aussi, dès mon premier été en France. Grâce à lui, je chante en lever de torchon d'un spectacle de Gilbert Bécaud au casino de Saint-Raphaël – d'ailleurs, quand on m'en parle, je ne sais même pas encore que le lever de torchon est le tout premier numéro d'un spectacle. Je dois chanter quatre chansons mais sors de scène à la deuxième. Le public ricane, soupire, parle, siffle un peu. Rien de bien méchant mais c'est horriblement humiliant. Je me suis pris un terrible bide mais le chef d'orchestre de Bécaud m'arrête dans les coulisses. « C'est intéressant, ce que vous faites. C'est à contre-courant. » Il est vrai qu'avec ma guitare espagnole en pleine époque yé-yé je ne vais pas au plus évident ! Raymond Bernard me propose de parler de moi au directeur artistique des disques Pathé, Gérard Cote.

Les disques de Cheikh Raymond étaient aussi pressés par Pathé et le responsable de la musique orientale, Ahmed Hachelef, parle aussi de moi à Gérard Cote. J'obtiens un rendez-vous, je lui fais écouter mes chansons. Il aime la mélodie d'*Adieu mon pays* mais il trouve que les paroles sont un peu amateur. Il me propose de travailler avec une plume plus professionnelle et me présente Anne Huruguen. Une femme dans la quarantaine, très sûre d'elle, peut-être même un peu arrogante, qui me propose très vite un autre texte sur la musique d'*Adieu mon pays*. Je l'aime beaucoup, il est plus savant que le mien mais je ne veux pas changer ma chanson. Alors je prends son texte et lui donne une mélodie de boléro, *Ma maison ma maison* :

Si le temps s'est cassé
Si l'univers se brise
S'il nous faut étrangler
Toutes les joies promises
Mon Dieu, si l'amour peut survivre au malheur
Laissez-moi tout au fond du cœur
Garder comme une ombre soumise
Ma maison, ma maison
Inondée de soleil.

Le contrat est signé : je dois enregistrer mon premier disque.

Je me marie en février 1962 à Argenteuil, où vivent mes parents. Raymond Nabeth me propose de faire mon costume chez Renax, son magasin. Son ouvrier est un Algérien musulman avec qui j'ai rendez-vous à 18 heures, la veille de mon mariage, pour prendre livraison. Quand j'arrive, il n'est pas prêt. J'attends. Le costume est enfin terminé vers 20 heures. J'invite l'ouvrier au café prendre un verre. Il arrive au comptoir et commande un Ricard. Moi aussi. C'est idiot parce que je ne bois pas d'alcool. C'est d'autant plus idiot qu'on sort après quatre Ricard. « Allez, on va au Nomade. » C'est un cabaret oriental dans le 6e arrondissement. Quand on arrive, il n'y a que des hommes. Tous Algériens, tous musulmans. L'ouvrier tailleur et moi ne sommes pas les seuls à être bien partis. Je ne sais pas comment je me retrouve sur la scène, au micro, et commence à injurier tout le monde. On ne me tue pas, non. Mais je me réveille rue de Picpus, dans le lit de ma tante. Or on m'attend à midi à la mairie d'Argenteuil. Oh, la course dans mon costume tout neuf ! J'arrive avec je ne sais combien de retard. Tout le monde me regarde de travers mais tout le monde m'a attendu. Suzy boude un peu, quand même.

Comme cadeau de mariage, mon oncle Gilbert nous donne 500 nouveaux francs – 50 000 balles. Suzy et moi descendons au carnaval de Nice. C'est notre voyage de noces, mais aussi nos premières vacances à deux. Nous allons tous les jours dans le même restaurant, où je prends un steak au poivre – mon bonheur, le premier vrai luxe que j'ai l'impression de m'offrir. Je dis à la patronne : « Retenez bien mon nom ; vous entendrez parler de Gaston Ghrenassia. » Ma femme m'engueule : « Mais pour qui tu te prends ? » D'une certaine manière, elle a raison : cette brave dame n'a plus jamais entendu parler de Gaston Ghrenassia. Je vais changer de nom mais je ne le sais pas encore.

Nous rentrons à Paris peu de temps avant que j'enregistre mon premier disque. En arrivant, je montre à Suzy les grandes affiches de chanteurs sur les murs et les colonnes Morris : « Un jour, il y aura mes affiches, tu verras. » Le contrat est signé, je fais ma première séance d'enregistrement chez Pathé Marconi. Je ne suis pas particulièrement angoissé ni impressionné. Après tout, j'étais déjà très détendu dans les studios de la radio à Constantine avec Cheikh Raymond. Tout le monde est content des quatre chansons, *Adieu mon pays, Par ton premier baiser, Ma maison, ma maison* et *Oh guitare, guitare*.

Mais il y a un problème : je m'appelle Gaston Ghrenassia et personne chez Pathé n'arrive à se souvenir de mon nom, à commencer par le directeur de production, M. Minchin. À l'époque, il n'y a pas de service marketing ni de grosse enquête de positionnement. On demande aux secrétaires, aux stagiaires, aux gens qui passent dans les bureaux : « Ça va, ce nom ? » Déjà, les filles n'aiment pas du tout le prénom Gaston. Ensuite, personne n'arrive à prononcer mon nom de famille.

Pour le prénom, ce n'est pas compliqué de le changer : ce sera Enrico. Les gitans avec qui je jouais à Constantine s'appelaient les Enrico. Je ne serai pas le premier chanteur à l'air exotique qui prendra un nom espagnol. C'est presque courant, même, de Luis Mariano à Dario Moreno.

Pour le nom, je pense à la moitié de mon nom de famille, Nassia. Suzy pense que c'est une bonne idée. Même mon père est d'accord. Tout le monde trouve que ça sonne bien, Enrico Nassia. Un premier tirage du disque a été réalisé avec le nom de Gaston Ghrenassia, pour les équipes commerciales, les radios et la presse. M. Minchin attend maintenant mon nouveau nom pour lancer l'impression du 45 tours destiné aux magasins. Je téléphone à sa secrétaire. « C'est décidé, ce sera Enrico Nassia. » Je ne pense pas à épeler, la ligne est mauvaise, j'ai trop d'accent, elle ne comprend pas, peu importe ! Quelques jours plus tard, quand je cours voir le disque qui vient d'arriver chez Pathé, je découvre que je m'appelle Enrico Macias.

Comme beaucoup de Constantinois, j'ai pour quartier général Le Savoie, un café de la place de la République. Il y a là aussi des Tunisiens et des Marocains qui viennent tous les jours ou presque. On parle, on se donne des nouvelles des connaissances de là-bas qui sont dispersées en France, on se donne des tuyaux. Comme beaucoup de gens de chez nous ont du mal à trouver du travail ou n'ont pas de connexions à Paris, c'est au Savoie qu'on peut chercher des associés.

La patronne du café, Mme Besse, m'appelle Blondinet et je suis son chouchou. Elle va même me sauver la mise un jour que mon tempérament me met dans un mauvais pas. Un jour, je suis au milieu de la chaussée, devant Le Savoie, et m'arrête pour dire bonjour à un copain. Une voiture passe trop près et m'écrase le pied. Je hurle. Le type s'arrête, descend de voiture. Bagarre. Les flics arrivent. Je fonce au Savoie. Mme Besse a tout vu. « Allez, Blondinet, traverse, rentre dans l'immeuble d'en face, monte au premier, c'est mon bureau. Cache-toi un moment. » Elle ne fait pas ça pour tous ses clients.

Je fais des rencontres au Savoie, comme un type charmant, un peu plus vieux que moi, qui prétend être un des directeurs d'Europe 1. Il me dit de passer le voir si j'ai besoin de lui. Un jour, en effet, je vais le voir rue François-Ier et il me reçoit dans un beau bureau. J'ai besoin d'un smoking pour chanter dans une soirée et il a les mêmes mensurations que moi. Je lui emprunte le sien.

Je comprends vite que ce n'est pas son vrai bureau. Il s'est mis dans le fauteuil de son patron, Gérard Sire, un type extraordinaire qui fait de la radio, des sketchs, de la télé, des milliers de choses à la fois. D'ailleurs, c'est lui qui fera le beau scopitone de *Paris tu m'as pris dans tes bras*.

C'est lui qui a repéré mon copain et qui lance sa carrière. Il ira loin: c'est Jacques Martin. Jusqu'à la fin, je lui resterai fidèle et je suis triste que nous ayons été si peu à son enterrement – il y avait Laurent Gerra et moi, et pas beaucoup des gens qu'il a aidés avec ses émissions.

Chez Mme Besse, il me fait mourir de rire et il me fait aussi évoluer. Je me demande s'il n'est pas le premier à me dire que j'ai sinon un talent de comédien, mais du moins une nature à faire rire et à surprendre les spectateurs. Il me recommande de travailler avec un garçon que l'on croise aussi souvent au Savoie, Clemendo.

C'est un beau gosse volubile, toujours bien habillé qui dit s'appeler Clemendo Strass de Las Vegas. En fait, il vient de Tunisie et s'appelle Clément Taieb. Lui aussi est artiste: il joue des percussions dans un orchestre typique, Los Congaceros. Je vais les voir jouer et je fais aussi la connaissance de son meilleur ami, Mike Miguel. Tous les deux sont les éléments les plus voyants de l'orchestre. Ils dansent en jouant, font de grands gestes, s'amusent manifestement beaucoup.

Clemendo devient un copain, un bon copain qui vient m'entendre partout où je passe, dès le Robinson Moulin-Rouge. Il fait partie du petit noyau dont je sais qu'ils sont toujours là quand je chante à Paris – mes premiers fans. Mais il n'y a personne quand je suis engagé pour chanter à la réouverture du Tabarin, vieux cabaret de Pigalle fermé depuis des années. À l'heure où je passe, le premier soir, il n'y a pour m'écouter que le personnel et quelques putes du quartier. Soudain, j'entends derrière moi des bongos. C'est Clemendo qui s'est glissé sur scène pour me faire une surprise. Et son accompagnement est parfait.

Nous ne nous quittons plus. Parfois, le cachet est si petit que je ne peux pas le payer. Je me suis rattrapé ensuite ! Il apporte vraiment quelque chose aux chansons et, surtout, il me fait rire. Je ne crois pas que je me sois jamais autant amusé avec un musicien qu'avec lui. Je passerai par des hauts et des bas avec Clemendo mais je ne me fâcherai jamais complètement avec lui. Même quand je suis en colère, il me fait rire. Il a un caractère imprévisible, il n'est pas toujours professionnel, il lui arrive de ne pas venir à un concert sans raison, mais il invente toujours quelque chose d'extravagant – parfois involontairement. Tout simplement, je suis heureux quand il est là.

Son obsession, c'est la drague. Il s'attaque à tout ce qui bouge, mais il a beaucoup de complexes parce qu'il parle assez mal le français. Un jour, nous sommes dans l'avion et il est assis à côté d'une très belle fille. Dans la conversation, il découvre qu'elle est prof de philo et il ne veut pas avoir l'air d'un imbécile. Il se penche vers moi : « Comment je fais ? – Ne parle pas trop. Prends l'air sérieux et laisse-la parler. Dis-lui "oui", dis-lui "non", dis-lui "c'est-à-dire ?", et laisse venir. » Et il repart à l'attaque. Il lui demande l'heure. La fille répond : « Il est 17 h 25. » Et Clemendo, le visage très grave : « C'est-à-dire ? »

Jacques Martin va m'encourager à exploiter son talent comique. Il se trouve que Clemendo a une voix d'opéra surpuissante. Il n'a jamais travaillé le chant lyrique, mais il a une sorte d'instinct qui lui permet de prendre pendant quelques mesures la voix d'un grand ténor. Un soir, alors que je chante quelque chose de très langoureux, il se met soudain à me couvrir d'une voix énorme. Tout le monde explose de rire, le public, les autres musiciens que l'on n'avait pas prévenus et même moi. Ça sera un de nos gags préférés pendant longtemps.

Clemendo est mort il y a une dizaine d'années d'une tumeur au cerveau. Je m'arrête souvent sur sa tombe : il est enterré à Pantin, juste en face de la tombe d'Hermance Leyris, la mère de Suzy.

12

Quatre minutes de télévision

En septembre 1962, je chante au Pigalle à Vichy depuis quelques jours quand je reçois un télégramme d'Igor Barrère, qui me dit qu'il veut venir le lendemain me filmer pour l'émission « Cinq colonnes à la une ». À l'époque, il n'y a pas plusieurs magazines d'information à la télévision, il y en a un seul. On me propose une occasion unique mais le télégramme arrive le lendemain de mon dernier concert. Plutôt que d'aller voir le patron du Pigalle et de lui dire que ce serait bien de me garder un jour de plus, je téléphone à Igor Barrère pour lui dire que tant pis, ce n'est pas possible. J'ajoute que, le samedi suivant, je dois chanter à la Mutualité. Il me répond que justement, ça l'arrange que ce soit à Paris. Pour moi aussi, c'est mieux : c'est un gala au profit des rapatriés, devant « mon » public. Je ne gagne pas de quoi payer des musiciens et je suis encore seul à la guitare.

La Mutualité est une grande salle mais j'ai l'expérience des émissions de télévision en Algérie et je ne suis pas trop gêné par les caméras de télévision. Je ne suis pas trop stressé, pour tout dire. Je ne souffre pas du trac de manière spectaculaire, comme Jacques Brel, par exemple. Chez moi, il ne suscite pas de peur maladive mais me rend peu à peu impatient que ça commence – très impatient. Comme une photo qui se développe lentement, je deviens progressivement un garçon qui pourrait jouer devant dix mille personnes seul avec sa guitare.

L'émission est diffusée le 5 octobre 1962. Le «sujet» sur moi dure à peine quatre minutes au tout début de l'émission : on voit le public de la Mutualité, j'apparais à la fin de *Constantine* et je chante *Adieu mon pays* en entier. Je ne suis pas interviewé, Igor Barrère dit mon nom, parle de mes chansons et de la mélancolie, des souffrances, des difficultés des pieds-noirs. Puis suivent plusieurs reportages dans le Sud-Ouest, en région parisienne et en Algérie chez les rapatriés ou chez les derniers pieds-noirs restés là-bas.

On m'a dit plus tard que c'était le premier exemple spectaculaire en France du décollage d'une carrière grâce à la télévision. Heureusement, Pathé dispose d'usines efficaces : on vend cinquante mille exemplaires de mon 45 tours en une semaine. *Adieu mon pays* passe beaucoup à la radio. Pathé me demande d'accélérer pour un nouveau 45 tours qui sortirait avant Noël. J'ai *Constantine*, écrit avec Anne Huruguen et que j'ai chanté à «Cinq colonnes à la une», *Chiquita* qui date du lycée, *Va-t'en* dont j'ai fait les paroles et la musique et je propose de reprendre une de mes chansons préférées de Blond-Blond, *L'Oriental*. Succès énorme.

Pourtant, je n'aurais jamais dû réussir. Ce que je fais est contraire au goût des Français à ce moment-là. Je passe à «Cinq colonnes à la une» en pleine vague yé-yé. Il passe à la radio *Souvenirs souvenirs* de Johnny Hallyday, *Daniela* des Chaussettes noires, *Panne d'essence* de Frankie Jordan et Sylvie Vartan. Je ne serai jamais diffusé dans «Salut les copains». On m'appelle «le Tino Rossi des pieds-noirs», mais ce n'est pas un compliment: Tino Rossi, c'est quand même horriblement démodé!

Ne pas être pas sur les rails de la mode est un atout mais, surtout, je suis original, jeune, inattendu. Je suis évidemment soutenu par des gens qui ont la même histoire que moi et chacun sait que mon disque marche d'autant mieux que l'on va vers le sud de la France.

Avec «Cinq colonnes à la une», je deviens le symbole du pied-noir algérien. Or, quand je réécoute mes premières interviews, je vois bien qu'à l'époque je n'ai pas d'accent. C'est pour moi une manière d'être poli avec les gens. Je pense qu'on me comprendra mieux si je prends l'accent français. Ou plutôt si je n'ai pas d'accent. Mais j'ai honte, aussi. Non pas d'être pied-noir mais de parler comme ça. Au bout de quelque temps, la honte disparaît et je laisse ressortir mon accent. Je comprends – et c'est une surprise – que le public préfère que je parle à la télévision et à la radio comme je parle dans la vie de tous les jours avec ma famille. Au point qu'on commence à me demander si je cultive mon accent. Je réponds: «Oui, bien sûr, je prends des cours tous les jours.»

Je reprends mon accent non seulement en prenant de l'assurance comme artiste et comme personne, mais aussi parce que je me rends compte qu'il fait rire – et j'adore faire rire. Si je fais une blague avec l'accent français, on croit que j'essaie de faire rire à la manière des Français. Si je garde mon accent, on sent immédiatement que ce n'est pas exactement le même genre d'humour qu'ici – que les gens prennent cela pour l'humour pied-noir ou pour l'humour personnel d'Enrico Macias.

Évidemment, on peut toujours voir revenir le mépris, comme Guy Bedos quand il dit: «Enrico, c'est un pied-noir couscous, moi je suis un pied-noir intello.» Qu'est-ce que ça veut dire ? Qu'avoir quitté l'Algérie avant moi lui donne plus de prestige ? Qu'un juif d'Algérie reste toute sa vie condamné au couscous ?

En tout cas, ma fille Jocya a l'accent parisien, comme mon fils Jean-Claude aussi. Peut-être ont-ils une petite pointe d'Algérie dans la voix quand nous sommes en famille – après tout, leur mère et leur père sont de Constantine. Mais mes petits-enfants n'ont pas d'autre accent que parisien. Disons que, s'ils veulent faire rire leurs copains, ils ont de bonnes dispositions pour imiter l'accent d'Enrico Macias.

Quand j'ai gagné le radio-crochet de Constantine, mon copain Julot Talar m'avait parlé de ses neveux, les frères Talar. Ce n'est pas moi mais eux qui me contactent. Vic Talar m'a entendu à la radio et il a fait le lien immédiatement entre Enrico Macias et Gaston Ghrenassia. Son frère Régis est éditeur chez Philips et, s'il ne peut pas me débaucher, puisque je suis chez Pathé, il voudrait quand même qu'on se voie. Je me souviens de notre rencontre, Régis, Vic et moi à l'Olympia, où nous nous retrouvons pour voir un concert en compagnie de Blond-Blond, la star algéroise de la chanson.

Les Marouani et les Talar sont arrivés en France bien avant moi, mais il y a là un doux parfum de Constantine. Régis me présente son oncle Eddy Marouani, qui devient mon imprésario. C'est d'ailleurs un impresario original : il écrit aussi des chansons. Il fera pour moi *L'Île du Rhône, Ma patrie, Dix ans déjà...* Mais en ce qui concerne le cœur de son métier, il m'apporte trois contrats dès notre signature. Je devrais chanter à Bobino en janvier 1963, mais avant je passe à l'Ancienne Belgique et à l'ABC. Quand je chante au plus célèbre music-hall de Bruxelles, Édith Piaf dit à la radio qu'on peut venir voir son tour de chant, mais qu'il faut surtout venir pour découvrir Enrico Macias. On ne peut pas faire meilleure publicité. Il est vrai qu'elle se tient au courant de tout ce qui est nouveau dans la chanson, surtout chez Pathé-Marconi, sa maison de disques.

Marouani a convaincu Dario Moreno d'accepter que je passe en supplément de programme de son spectacle à l'ABC. Il lui dit entre autres qu'il faut m'aider parce que je suis un rapatrié d'Algérie. Quand Dario vient dans la salle avec Eddy pour me voir répéter le jour de la première, il s'écrie : « Ça, un rapatrié ? Tu te fous de moi ? Tu as vu sa bague ? » En effet, je porte la magnifique bague avec un diamant de Cheikh Raymond, et ce chanteur-là s'y connaît en pierres précieuses ! En tout cas, ça marche, et je reste à l'ABC en vedette anglaise d'Amália Rodrigues.

Quand nous nous rencontrons, Vic Talar, le frère de Régis, vend des disques pour les juke-box, qui sont à l'époque presque aussi importants que la radio pour faire découvrir les nouveautés au public. Il pousse les patrons de bistrot à acheter mes disques et nous sympathisons vraiment. Quelques mois plus tard, Eddy engage Vic pour s'occuper à plein-temps de moi.

Il commence à me chercher des dates de concert et, comme l'hiver arrive, je lui dis : « S'il te plaît, Vic, ne m'envoie pas trop dans le Nord, je ne supporte pas le froid. » À Constantine, il n'y a pas plus de trois ou quatre jours de vrai froid par an. On n'a pas le le temps d'admirer la première neige de l'hiver qu'elle a déjà fondu. Aujourd'hui encore, plus de cinquante ans plus tard, je ne suis pas habitué au froid. Mais où que je sois dans le monde, vous ne m'entendrez jamais me plaindre de la chaleur. Donc Vic comprend bien que je préfère ne pas travailler qu'avoir froid.

Il ne monte une tournée avec Nice, Monte-Carlo, Marseille... Parfait. La première date est le casino d'Aix-en-Provence. Je fais le voyage la veille, seul en voiture. Et, alors que je suis à cinquante kilomètres d'Aix, la neige commence à tomber. Une énorme tempête. Je n'ai pas réservé de chambre et quand j'arrive, les quelques hôtels ouverts hors saison sont remplis de naufragés de la neige. Je vais au casino. La salle où je dois jouer le lendemain est très belle et, surtout, il y a une énorme cheminée. Je demande qu'on me laisse m'installer là et dormir sur trois chaises. On me renvoie comme un chien. Alors je trouve refuge dans le café d'en face, où je passe la nuit sur un tabouret, contre un radiateur.

Dans les années quatre-vingt, après des années chez Pathé-EMI puis chez Philips, je retrouve Régis Talar, entretemps devenu patron des disques Tréma et avec qui je fais plusieurs albums sans même avoir signé de contrat. Et quand je me sépare de Vic Talar, je prends comme imprésario Charley Marouani, cousin et meilleur ami de Régis, mais aussi manageur légendaire de Jacques Brel, Juliette Gréco ou Henri Salvador.

En janvier 1963, je chante à Bobino. Le 10, jour de la première, est née Jocya, notre fille. Un dimanche après-midi, je suis dans ma loge entre les deux spectacles que l'on donne ce jour-là, quand deux types se présentent. Ils veulent me proposer des chansons. Je leur dis que j'ai déjà une équipe qui travaille avec moi et que je ne veux rien voir. Si d'aventure une chanson ne me plaît pas mais m'inspire, s'ils me montrent un texte qui ressemble à une chanson en cours d'écriture de mon côté, je ne veux pas risquer une accusation de plagiat. Je ne suis pas le seul à prendre ce genre de précautions, d'ailleurs.

Mais ils insistent et, de toute façon, je ne sais pas dire non. Après tout, si j'ai besoin de quelque chose, c'est de textes. « Allez-y, montrez. » Le premier texte s'appelle *La Femme de mon ami* :

Je sais pourquoi tu as pleuré
Et tristement m'a regardé
Je peux te prendre dans mes bras
Pour embrasser tes yeux rougis
Mais moi je n'en ai pas le droit
Tu es la femme de mon ami.

Ça me va parfaitement. Je prends.

Les deux gars ont tout de suite un grand sourire. Ils s'appellent Pascal René-Blanc et Jacques Demarny. Le premier est ingénieur et la chanson est son hobby. Le second est un vrai professionnel du spectacle qui n'a jamais vraiment percé, même s'il a été successivement chanteur, comédien et même Monsieur Loyal au cirque Medrano. Leur texte suivant s'intitule *Enfants de tous pays*. Le titre me fait penser à *Si tous les gars du monde* et ce qu'ils me lisent me confirme dans ma mauvaise impression. C'est du réchauffé. Je le leur dis et ça refroidit l'ambiance. Rien de ce qu'ils me proposent ensuite ne me plaît. « Allez, au revoir. De toute façon, un texte, c'est déjà pas mal, non ? »

Mais dans ma loge, après leur départ, le titre *Enfants de tous pays* continue à me trotter dans la tête. Je prends ma guitare et la mélodie du refrain me vient aussitôt. Je prends le téléphone et appelle : « Revenez, il faut que l'on reparle du texte. » Finalement, nous convenons de nous retrouver le lendemain chez Pascal René-Blanc près de la porte Dorée. Je leur chante ma musique et, une heure plus tard, le texte est réécrit. Et le refrain est parfait :

Enfants de tout pays
Tendez vos mains meurtries

Semez l'amour
Et puis donnez la vie
Enfants de tout pays
Et de toutes couleurs
Vous avez dans le cœur
Notre bonheur.

J'appelle ma maison de disques : « J'ai une chanson formidable ! – Oui mais l'album est terminé. – Ah, si je ne l'enregistre pas, je vous mets une bombe ! » Finalement, on m'organise une séance que dirige Anne Huruguen. La chanson ne paraîtra finalement qu'un an plus tard. Tout ce temps-là, je chante *Enfants de tous pays* à tous mes concerts et elle marche très bien. C'est un tube avant qu'elle ne sorte en disque.

Pendant ce temps, Jacques Demarny et Pascal René-Blanc se séparent. Ce qui est arrivé avec moi exige mieux que considérer l'écriture comme un passe-temps. Car *Enfants de tous pays* est vraiment la matrice de ma collaboration avec Jacques pendant plusieurs dizaines d'années. Il est très bon quand je lui apporte des idées. Il ne m'a apporté que deux ou trois chansons de but en blanc, sans qu'on en ait discuté. La plupart du temps, je lui donne un titre, une envie, une phrase. À deux, il est meilleur que tout seul.

Nous nous comprenons bien, même s'il a treize ans de plus que moi. Il est né à Paris mais a passé toute son enfance en Algérie, jusqu'à l'âge de 15 ans. Il est même l'ami d'enfance de Martial Ayela, qui sera longtemps mon pianiste. Autrement, comment aurait-il pu écrire *Au talon de tes souliers* ? Mais c'est un vrai Français, même s'il se dit pied-noir. Il a vécu en Algérie parce que son père était fonctionnaire. Un jour, on s'est même chamaillés à ce propos. En 1966, pendant une tournée en URSS, nous dormons dans la même chambre. Or Jacques aime boire et on boit beaucoup chez les Russes. Il est saoul, je suis fatigué, il me sort une connerie. J'explose : « Oh, toi, tu étais pétainiste ! » On a failli se battre. J'avais été injuste, d'ailleurs, parce qu'il s'était engagé très jeune dans la Résistance.

C'était notre destinée de nous rencontrer. Avant moi, Jacques n'avait eu que des échecs. Avec moi, il a enfin beaucoup de réussite. Et moi, je lui dois 50 % de ma carrière. À chaque fois que j'ai une idée, il me comprend au quart de tour. C'est le seul auteur qui aime mes musiques au point de comprendre ce que je veux dire précisément quand je fais lalalala sur une maquette. D'ailleurs, j'ai rarement mis en musique ses textes. En revanche, j'ai écrit sur des textes de Claude Lemesle ou de Frank Thomas. Mais il n'y a qu'à Jacques que j'ai proposé des musiques qui sont devenues aussitôt des chansons parfaites, comme *Les Millionnaires du dimanche*. Je lui avais donné une mélodie de valse genre bords de Marne et il trouve tout – l'idée, les mots, la progression du texte, je n'en change pas une virgule.

13

Istanbul, Beyrouth et province

Je n'y peux rien, l'Orient est l'Orient. Je trouve encore à peine de quoi me nourrir dans les cabarets parisiens que j'ai mon premier engagement à l'étranger. Je suis ravi. Je pars à Istanbul, au Caravansérail, pour y chanter quelques chansons tous les soirs pendant deux semaines. Je suis heureux de découvrir l'ancienne métropole coloniale de l'Algérie, jadis possession ottomane. Et, dans l'architecture, les senteurs de cuisine dans les rues ou les bribes de musique qui s'échappent des magasins, je trouve des échos familiers de ma propre culture. D'ailleurs, mon ami Taoufik Bestandji, qui est un des quelques continuateurs en Algérie de l'œuvre de Cheikh Raymond, a écrit une grosse thèse sur les rapports entre musique ottomane et musique andalouse d'Algérie. Et il révèle que trois siècles et demi de colonisation turque du Maghreb ont laissé des traces... longtemps avant que la France et l'Algérie ne commencent leur longue histoire troublée.

Aussi fou que cela paraisse, c'est lors de ce premier voyage que je rencontre l'homme qui est aujourd'hui le producteur de mes concerts en Turquie, au moins une fois par an. Ce pays est le premier avec lequel je tisse une relation fidèle et qui porte des fruits singuliers. Là-bas, quelques-unes de mes chansons marchent mieux que partout ailleurs, comme *Le Vent du Sud*. J'apprendrai avec le temps à faire évoluer mes listes selon les pays : *Dis-moi ce qui ne va pas* au Canada, alors que cette chanson n'a jamais eu de succès en France, *Solenzara, L'amour c'est pour rien* ou *Je le vois sur ton visage* au Japon. Mais au moment de mon premier voyage là-bas, je n'imagine pas ces perspectives. Je me demande comment subvenir aux besoins de Suzy, moi et notre enfant à naître.

Jocya est toute petite quand je fais mon deuxième voyage de chanteur. En mars 1963, Clemendo et moi partons tous les deux au Liban. J'aurais pu rester à Paris en essayant de battre le fer tant qu'il est chaud, de chercher à toute force des engagements ici ou là. Mais je n'ai pas de raison de résister à l'appel de l'Orient. Et j'ai vraiment envie de connaître le Liban. Je suis engagé pour chanter à l'Épi Club, un cabaret chic de Beyrouth, par un producteur libanais d'origine arménienne qui s'appelle Toros, et dont le père est chef de la police. Quand je remplis les formalités d'arrivée, j'écris « israélite » à la case religion. Je ne sais même pas qu'il vaut mieux éviter. Le producteur obtient aussitôt qu'un policier l'efface.

Le mois que je passe là-bas est exceptionnel. À l'époque, le Liban est la Suisse du Moyen-Orient et je suis accueilli comme je ne l'ai jamais été. Je suis logé dans un hôtel avec vue sur la mer, l'hospitalité est magnifique, j'ai du succès comme jamais je n'en ai eu jusque-là en France. À l'Épi Club, des femmes jettent leurs bijoux sur la scène. Ce ne sont pas des diamants et des émeraudes, mais j'en rapporte quand même pour une belle petite somme à Paris.

La plus grande chanteuse libanaise, Fairouz, vient me voir à l'Épi Club. Elle m'invite à déjeuner chez elle, avec son mari qui est chef d'orchestre et pianiste. J'y vais avec ma guitare. Évidemment, elle me demande de chanter puis elle chante et je l'accompagne. Elle est déjà une star énorme mais, plus tard, elle changera. Pour je ne sais quelle raison, elle dira ne m'avoir jamais rencontré...

Pourtant, si c'est ça le problème, je ne cache pas que je suis juif. Quand on me fait rencontrer des journalistes libanais à l'Épi Club, je me souviens que je leur demande de m'indiquer une synagogue dans le quartier... Et tout se passe merveilleusement bien pendant tout mon séjour. Je me sens chez moi au Liban. D'ailleurs, c'est ce que tout le monde me dit : je suis le bienvenu à Beyrouth. À mon retour à Paris, je reçois une lettre me disant en substance : « Nous savons que vous êtes juif. Écrivez seulement une lettre disant que vous ne l'êtes pas et vous pourrez revenir au Liban. » Évidemment, je n'écris pas leur lettre. Quelque temps plus tard, je suis inscrit par la Ligue arabe sur sa liste des artistes interdits de séjour. Et on brûlera publiquement mes disques...

Je ne suis jamais retourné au Liban. Pourtant, j'aurais aimé rencontrer sœur Marie Keyrouz, par exemple. Souvent, en France ou à l'étranger, beaucoup de Libanais viennent à mes concerts. Ils se souviennent d'une chanson que j'ai écrite là-bas : *Beyrouth/Ton horizon m'appelle, m'appelle et me sourit/Beyrouth/Ton charme m'ensorcelle, ta beauté me séduit/C'est l'Éden de tous les temps, qui m'enchante et qui m'attend/C'est la vieille féerie du Liban.*

À mon retour, en avril 1963, je suis engagé au Caveau de la République. C'est le cabaret de chansonniers le plus célèbre de Paris, avec un public qui vient beaucoup de province et, pour tout dire, jamais d'Afrique du Nord. Le Caveau est juste à côté du Savoie mais ce n'est pas du tout notre culture. Et j'imagine d'autant moins y jouer qu'il n'y passe jamais de chanteurs de variétés. Mais Daniel Mussy, le directeur, m'engage. Le premier jour, Clemendo me lâche. En fait, le chef des Congaceros a déjà vu d'un mauvais œil notre voyage à Beyrouth et exige qu'il reste avec l'orchestre. Toujours est-il que je suis furieux et que, quand il se présente le deuxième soir avec ses bongos, je l'envoie paître et ferai tout mon passage au Caveau seul en scène.

Ça se passe bien. Très bien. Le public aime mes chansons, la guitare, mon accent, que sais-je... En tout cas, Mussy me prolonge et me prolonge encore. Ça marche tellement bien que des Constantinois commencent à venir me voir et découvrent les chansonniers. Je reviendrai ensuite souvent au Caveau de la République, où pendant longtemps je fêterai chaque année mon anniversaire.

J'aime cet endroit. Je me souviens que, chaque soir avant d'entrer en scène, j'entends la même blague de Mussy qui se moque des publicités de l'époque : « Avec Purodor, odorisez-vous ! » « Avec Olibé, olibésez-vous ! » Je trouve ça un peu lourd mais sympathique.

Je m'entends bien avec les chansonniers, même si je découvre qu'ils n'aiment guère les chanteurs de variétés. Gabriello, qui est à l'époque la star des chansonniers, me dit ouvertement qu'il les déteste – et surtout Léo Ferré. Mais il me prendra en fin de première partie dans sa tournée. Et moi je prendrai Suzanne Gabriello, sa fille, comme vedette américaine de mes tournées. Elle a quelques années de plus que moi et elle sera comme une sœur. Elle m'aidera à évoluer, notamment en me recommandant de lâcher la guitare. C'est ce qu'avait fait Jacques Brel et cela lui a permis de libérer ses mains, ses jambes, tous son corps, et de devenir le génie de la scène que l'on a connu ensuite. Suzanne me racontera aussi ses amours avec lui, ce qui n'est pas toujours une histoire drôle : il a écrit *Ne me quitte pas* à cause d'elle. Contrairement à son père, Suzanne aime vraiment les chanteurs. Elle écrit des parodies formidables, comme *Ah qu'ils sont jolis les flics de mon pays*, qui me fait mourir de rire – *Car ils sont bien jolis les flics de mon pays/ Avec leur bâton blanc, leur sifflet, leur képi.*

Au Caveau de la République, je fais cinq chansons : *Esperanza, Chiquita, Adieu mon pays. Les Deux Guitares* d'Aznavour et *Enfants de tous pays*, qui est alors toute neuve. Mes chansons sont diffusées à la radio, je vends des disques mais ce passage chez les chansonniers est salutaire pour nos finances à Suzy et moi. Car je découvre que l'on met longtemps à toucher ses droits d'auteur lorsque l'on fait un succès et je dois donc me contenter des engagements que l'on me propose.

Après le Caveau, je suis engagé pour une tournée d'été par un producteur marseillais, Jean Renzulli. Il me propose 600 francs par jour, alors que je touche 100 francs au Caveau et 50 francs quand je chante dans un cabaret. Je serai la vedette anglaise, c'est-à-dire troisième sur l'affiche, et ferai donc trois ou quatre chansons en première partie. Après l'entracte, la vedette américaine est Billy Bridge, « le petit prince du madison », et la tête d'affiche est Paola – ses plus grands succès sont *Si t'as été à Tahiti* et *Les Criquets*, des chansons rigolotes.

À l'époque, les tournées sont difficiles. Tout le monde n'est pas professionnel comme aujourd'hui. Il y a des sonos pourries, des théâtres pleins de courants d'air, des hôtels minables, des embrouilles avec les organisateurs locaux. On prend souvent des bides sans trop savoir pourquoi et les producteurs perdent parfois beaucoup d'argent. Alors Renzulli envoie en éclaireur son vieux régisseur, « papa » Tretz. Comme tout le monde voyage dans sa propre voiture, on se donne rendez-vous à la ville suivante. Mais, s'il n'y a pas assez de réservations, papa Tretz nous attend au panneau d'entrée de la ville pour nous avertir qu'on ne chantera pas ce soir-là et qu'on doit directement aller à la ville du lendemain. Peu importe qu'on ait déjà fait de la route et qu'on soit fatigué. De toute façon, il a annulé toutes nos réservations d'hôtel. Quand on arrive à Chartres, il y a une panne d'électricité. Qui plonge tout le quartier dans le noir, comme ça arrive encore souvent à l'époque. Les gens arrivent au théâtre avec des lampes torches. Renzulli ne veut pas annuler. Il n'y a pas de micro, pas de sono, mais on fait quand même le spectacle. Je chante à la lumière des piles électriques. Ça se passe bien parce que, sur scène, j'ai une sorte d'instinct de conservation : quoi qu'il arrive, je passe. S'il y a un incident de sono, si je casse une corde de guitare, si un musicien n'est pas là à l'heure, ce n'est pas grave – je chante.

En tout cas, l'ambiance est bonne sur ma première tournée en province. Paola est une gentille dame et toute la troupe est sympa. Après les spectacles, on fait le bœuf jusqu'à 3 ou 4 heures du matin. Nous voyageons dans ma voiture, une 404 Peugeot, avec Clemendo et Vic Talar. En général, c'est lui qui conduit et on a failli se tuer dès Boulogne, dans un virage. La voiture a dérapé et s'est plantée dans la terre glaise. On a pu repartir sans dégâts mais si nous étions sortis de l'autre côté de la route, on plongeait dans le fossé et on pouvait tous y passer.

Un jour, dans le Sud, on croise Annie Cordy et son mari, Bruno. C'est avec eux que je me mets à jouer à la pétanque – et Renzulli triche éhontément. Luis Mariano aussi nous rend visite à l'étape. Il aime ce que je fais et il me donne un conseil qui résume bien l'esprit dans lequel il a mené sa carrière : « Tu débutes, petit. Dis-toi bien que le plus important, ce ne sont pas les chansons. Ça passe, les chansons. Il n'y a que la voix qui compte. » C'est une énorme vedette et Renzulli est mielleux avec lui tout le temps qu'il est là. Mais il lui casse du sucre sur le dos aussitôt que Luis Mariano n'est plus à portée de voix. Évidemment, je lui rentre dedans. « Si tu parles comme ça de lui dès qu'il a le dos tourné, qu'est-ce que ça doit être pour nous ! » Il a le sang aussi chaud que le mien et le ton monte vite.

Renzulli et moi nous engueulons beaucoup. Un jour, alors que je fais remarquer que la sono n'est pas très bonne, il s'emporte et me parle comme à un chien. Je manque de ne pas faire le concert. En fait, ce producteur n'aime pas les artistes. Il a pris des bides, il a perdu de l'argent sur des tournées et, depuis, il en veut à tous les artistes.

On raconte d'ailleurs, dans le métier, une histoire terrible sur Renzulli. Avec son associé, Trébord, il engage Henri Salvador après son triomphe à l'Alhambra à Paris. Mais la vedette veut qu'ils soient assis au premier rang. Alors, docilement, chaque soir pendant des semaines, ils s'asseyent et ils rigolent du plus fort qu'ils peuvent pendant les chansons et les sketchs de Salvador. Mais plus ils descendent vers le Sud, moins il y a de monde. Un soir, il n'y a presque personne dans la salle et ils s'ennuient ferme. Mais Trébord rigole, comme d'habitude, même s'ils perdent beaucoup d'argent. Au bout d'un moment, Renzulli se tourne vers lui et dit : « Dis-moi, il te fait vraiment rire, le nègre ? »

Voilà donc mon producteur. Il est antipathique mais il est drôle. Il y a un proverbe arabe que je connais depuis l'enfance et qui dit : « Celui qui te fait rire te fera pleurer, celui qui te fait pleurer te fera rire. » Alors je prends mon mal en patience.

De toute façon, j'apprends. Je ne connais pas du tout le nord de la France et le Nord n'a aucune idée de qui je suis ni d'où je viens. Cette partie de la tournée n'est pas toujours facile pour moi, mais je ne ressens pas d'agressivité comme ça peut arriver parfois dans les cabarets à Paris. Plus la tournée descend vers le Sud, plus il y a de public, mais plus il est difficile. Il applaudit plus fort mais il peut jeter les artistes d'une manière terrible.

Juste après moi à la fin de la première partie, il y a un numéro de visuels, les Shivers. Ce sont deux homos, un petit Asiatique et un grand Slave, qui font un numéro époustouflant pendant lequel le petit grimpe sur les murs. Le speaker les annonce toujours en disant : « Après New York, après Moscou, après Tokyo, un spectacle extraordinaire, les Shivers ! » À Toulouse, je connais pour la première fois le succès – le vrai succès. J'ai l'impression qu'il n'y a que des pieds-noirs dans la salle. Ce soir-là, j'aurai pour la première fois une foule de gens qui bloquent le couloir des loges et des spectateurs qui m'attendent à la sortie des artistes. Après mon numéro que j'ai rallongé d'une ou deux chansons, le public continue à crier : « Enrico, Enrico ! » Le speaker a une belle inspiration et il annonce : « Après Alger, après Oran, après Constantine, les Shivers ! »

Cet été 1963, je n'en reviens pas de mon succès. Je sens que mon apprentissage est terminé. Je ne suis pas une vedette mais je ne suis plus un débutant. Je n'ai pas envie de repartir avec Renzulli. J'ai la confirmation qu'il me considérait comme une bonne affaire quand il vient chez Hermance, la mère de Suzy, pour essayer de me convaincre de signer pour une nouvelle tournée à 1 000 francs par jour. Non, merci.

14

L'affaire de la valse

Et puis je commence à écrire des valses. L'importance que cela peut avoir à ce moment paraît sans doute disproportionnée aujourd'hui mais *Paris tu m'as pris dans tes bras* pose un problème. Depuis deux ans qu'*Adieu mon pays* est sorti, je suis le symbole de l'exil des pieds-noirs. Et voilà que je fais une chanson d'amour pour Paris sur un rythme de valse. Il y a des gens qui le prennent pour une trahison. Je reçois des lettres d'injures et la presse parle de la polémique. Très vite, je découvre quelque chose dont je ne peux pas parler publiquement : les gens qui me reprochent *Paris tu m'as pris dans tes bras* ne sont pas des juifs d'Algérie, mais plutôt certains nostalgiques de l'OAS. Et je ne sais pas si ce qui les gêne le plus est que je cesse de chanter uniquement la mélancolie de la colonie perdue ou qu'un juif se sente si bien à Paris. Ils aimaient bien l'indigène qui pleurait avec eux. Mais qu'il se sente bien sur les quais de la Seine et échange des sourires avec les jolies passantes, cela doit les agacer.

Mais j'oublie très vite ces quelques esprits grognons. Je suis heureux d'avoir une belle équipe autour de moi.

En tournée, j'ai mon pianiste Martial Ayela, qui dirigeait l'orchestre de Radio Alger dans mon enfance. Je me souviens d'avoir fait mes devoirs le dimanche en écoutant son concert hebdomadaire. Je le croise dans un cabaret à Port-la-Nouvelle, près de Narbonne. Il doit m'accompagner pendant une de mes premières expéditions en province mais je n'ai pas de partitions. Alors il me fait chanter tout mon répertoire et écrit à toute vitesse des arrangements pour son trio. Je lui dis : « Dès que j'en ai les moyens, je vous engage. » C'est chose faite en 1964.

Pour construire mes chansons, je travaille surtout avec mon parolier le plus prolifique, Jacques Demarny, et mon arrangeur, Jean Claudric, qui lui aussi est pied-noir (son frère est Roland Bacri du *Canard enchaîné*, son fils est le compositeur contemporain Nicolas Bacri). On s'installe à la maison, Claudric au piano, Demarny dans le canapé et moi à la guitare. Je propose une mélodie, Claudric improvise des harmonies qui vont donner les couleurs de l'arrangement, et je choisis parmi ses propositions. Je pense au thème : je vois une histoire d'amour, un adieu, un ne-me-retiens-pas, un homme qui ne peut partir avec une femme parce qu'il est marié... Demarny s'y met et ça devient *Un grand amour*.

Claudric m'apporte autre chose que des guitares et des mandolines. Il met des violons dans mes chansons. Il va oser l'accordéon. Et je découvre aussi que les Français ne sont pas obsédés par la pureté musicale – au contraire ! Si on chante *Les Gens du Nord* en arabe, on peut entendre un air arabo-andalou, alors que c'est une des chansons qui m'enracinent le plus hors de l'univers des rapatriés.

Parce que la surprise est que le chanteur pied-noir de « Cinq colonnes à la une » remplit des salles avec des Français de France. Ça a vite été mon envie et même mon projet, mais je ne savais pas que cela arriverait avec une telle ampleur. D'année en année, je vois bien que, par exemple sur *L'Oriental*, les spectateurs apprennent à se lâcher et dansent avec passion. Et j'entends des youyous qui n'ont pas l'accent de chez nous.

Cela fait du bien aux Français et à la France. Elle est toujours plus ouverte en musique qu'à ses frontières, et beaucoup de racistes dansent sur de la musique arabe ou africaine. Mais parfois, un jour, alors qu'ils dansent, ils comprennent que, par la musique et par le plaisir, ils sont allés plus loin qu'avec leur bulletin de vote. Et que ce voyage les a grandis. Alors les idées de certains changent.

Mais, pour en revenir à 1964, l'année de *Paris tu m'as pris dans tes bras,* je sens que je deviens vraiment un professionnel. Il va y avoir de moins en moins de premières fois, par exemple. Le premier Olympia, le premier disque d'or, la première couverture d'un magazine, la première émission de télévision qui m'est entièrement consacrée... Tout cela s'est fait en à peine plus de deux ans.

Je découvre peu à peu une situation dont parlaient certains de mes aînés que j'avais croisés dans des coulisses de concert ou dans des loges de studio de télévision. Il ne s'agit pas de routine, mais d'une sorte de mécanique de la vie d'artiste. Chanter est toujours formidable. Je sais que je n'aurai jamais envie d'arrêter, que je n'aurai jamais assez du public. Mais aller chanter, c'est parfois pénible. Mon attachement à l'Olympia tient aussi à ce que c'est une salle de concert où, aujourd'hui, je me rends à pied. Souvent, quand il faut faire quatre heures de train, ça peut être un supplice.

Arriver à 16 heures dans les loges. Attendre que tout le monde soit prêt pour la balance, passer une demi-heure à tout régler sur scène. Retourner attendre dans la loge...

À ce moment-là, je sens tout – la fatigue, l'énervement, les petites douleurs ici ou là, l'inquiétude, les soucis.

Quand j'entre sur scène, je ne sens plus rien. Soudain, tout va bien. La musique, les projecteurs, le public, tout va bien. Je suis dans mon élément. Je n'ai pas envie que ça s'arrête. Je ne dis pas ça seulement d'aujourd'hui. Cela fait des années que je me dis la même chose : pourvu que ça continue le plus longtemps possible.

Toujours, j'aurais eu peur de ne plus faire ce métier. Je le dis en 2015 : je ne me suis jamais senti installé, même si j'ai un public, des contrats à long terme, des projets sur plusieurs années et même des habitudes. Contre toute logique parfois, j'ai peur d'être lâché par le public. Et je sais que si cela devait arriver, je ne m'accrocherais pas lourdement.

Chaque matin quand j'ouvre les yeux, je suis heureux de savoir que, dans la journée, j'ai un concert, une séance en studio, un rendez-vous avec un journaliste, une télé, une réunion pour préparer la prochaine tournée. J'ai toujours peur du lendemain, même si je me dis que j'ai déjà tant reçu.

C'est pourquoi, quand je suis en vacances, j'ai hâte de rentrer et de recommencer à travailler. C'est pourquoi je pense souvent que je ne pourrai jamais m'arrêter, jamais prendre ma retraite. Il faudrait que je sois poussé dehors par le public. Je ne pourrais pas arrêter de moi-même. Chaque fois que j'y pense, quelque chose me ramène à l'envie de faire ce métier.

Tout récemment, début 2015, je remonte à pied la rue de Caumartin et remarque dans une vitrine une maquette de l'Olympia. Je m'arrête et, sur le trottoir, je suis comme un gosse : je regarde cette reproduction réduite de la plus belle salle de concert de Paris et je vibre. J'ai envie d'y être. Depuis 1964, je ne sais plus combien de fois j'ai chanté à l'Olympia – et encore en janvier 2015, quelques semaines avant de découvrir cette maquette. Je devrais être repu d'Olympia mais j'ai encore envie d'y être, envie du son particulier des applaudissements qui tombent du balcon et montent du parterre en même temps.

Je suis un professionnel du spectacle qui en a marre des voyages et des déplacements. Mais quand, l'après-midi dans un théâtre vide, je foule la scène pour faire la balance, je suis heureux. Et cela détermine ma vie.

Voilà pourquoi, alors que beaucoup de mes confrères y souffrent et rêvent de poser enfin leurs valises, j'aime l'ambiance des tournées. Les premières années, nous passons énormément de temps en voiture. Il n'y a pas encore beaucoup d'autoroutes en France. L'aspect agréable est qu'il y a partout des auberges pour casser la croûte et même pour se taper la cloche.

À l'époque, il n'y a pas toutes les autoroutes d'aujourd'hui et l'agrément de ces routes qui traversent villes et villages, ce sont les auberges. Je commence à prendre des kilos... Au début, Suzy vient avec moi avec Jocya dans un couffin. Elle m'accompagne aux États-Unis, au Japon. Autrement, il faut admettre qu'une tournée est aussi une bande de copains qui voyagent ensemble et n'ont pas à rentrer chez eux tous les soirs. Après les spectacles, on dîne et on fait le bœuf. Nous chantons du Brel, du Brassens, du Dalida, de l'Aznavour. Clemendo imite Luis Mariano et Gilbert Bécaud. On s'amuse beaucoup. C'est aussi pour ça que j'aime avoir une première partie : nous sommes plus nombreux, il y a plus d'ambiance. Quand c'est avec Suzanne Gabriello, Serge Lama, Pierre Perret, Francis Linel, on s'amuse beaucoup. Et comme je ne bois pas, je résiste bien.

J'aime aussi passionnément les voyages lointains, le défi de répéter avec un orchestre qui ne sonne pas comme un orchestre français, le plaisir de voir un public nouveau. Quand je fais mon premier concert au Carnegie Hall, à New York, je décide de faire une adaptation en anglais et choisis *Mon cœur d'attache*. J'achète un petit magnétophone et des oreillettes et, le soir en m'endormant, je passe en boucle la cassette pour me souvenir des paroles en anglais. Aujourd'hui encore, je me souviens du refrain: « *Look at the sun where clouds never* »... Ça rentre difficilement, malgré ma bonne mémoire. Je me sens fin prêt et, quand arrive le moment de la chanter, je commence: « *When I go...* » Trois mots et tout le monde éclate de rire – le public, les musiciens... Ils croient tous à un gag et je ne peux plus continuer. J'embraye sur les paroles en français et je n'aurai plus l'occasion de chanter cette adaptation maudite. Car le 45 tours que j'ai enregistré en anglais doit sortir aux États-Unis chez Mercury. Et la maison de disques fait faillite à ce moment-là.

Mais il y a aussi beaucoup de dangers en tournée: les routes traversent des villages, il y a des tracteurs, des camions et même encore des carrioles à cheval. Alors faire les cent ou deux cents kilomètres entre deux villes où l'on joue est parfois compliqué.

Les premières années, c'est dans ma 404. Dès que j'ai eu de quoi m'acheter une voiture, j'ai été fidèle à Peugeot, évidemment: à Constantine, mon père avait une 404 break. Elle a créé l'événement dans le quartier quand elle est arrivée. Et elle a de la place pour se garer, dans notre rue! Le week-end, nous nous entassons, avec le coffre rempli d'enfants pour aller avec la famille de Tonton Raymond à la plage Stora à Philippeville.

La vie de tournée, ce sont d'interminables trajets. À l'époque, tout le monde dans le métier a des accidents. Édith Piaf a été deux fois grièvement blessée, Charles Aznavour aussi. Un soir, en revenant d'un spectacle à Boulogne-sur-Mer, Vic rate un virage. Je suis à l'avant, Clemendo et le guitariste Julio Velasquez sont à l'arrière. Vic est lent de nature et n'est rapide que quand il joue au football et quand il conduit. Il a dû s'assoupir et, par miracle, la voiture ne se retourne pas et tombe à plat dans un fossé très profond, presque un ravin. Heureusement, la chute est amortie par la glaise. On nous dira le lendemain que, d'habitude, les gens tombent de l'autre côté du virage et qu'il y a en général plus de dégâts. Je m'en tire avec une écorchure.

Mais j'ai une télévision le lendemain. Nous remontons sur la route, nous faisons de grands gestes et la première voiture qui passe s'arrête : on m'a reconnu. À Paris, Roger Pradines, qui réalise l'émission, n'aura pas d'angoisses. Je suis à l'heure.

Mon frère Jean-Claude s'est marié un peu après moi. Il a épousé Viviane, la sœur de Suzy qui marchait au bras de son père quand celui-ci a été assassiné. C'est un garçon très doué, mais qui donne beaucoup d'inquiétudes à nos parents. Il a passé son bac à 15 ans mais, au lieu de faire des études, il s'est un peu laissé aller, il a joui de la vie et d'une certaine insouciance. Mais il a 24 ans et un enfant à charge. Il faut vraiment qu'il trouve un vrai métier. Je lui présente Eddy Marouani, qui décide de l'engager pour s'occuper d'un jeune chanteur qui commence à avoir du succès, Serge Lama. Il a démarré en 1963, quand je décollais, et Marouani m'a demandé de le soutenir. On l'a mis à la même affiche que moi, dans les mêmes émissions – c'est une pratique courante dans le métier.

Et donc Eddy Marouani décide que mon frère Jean-Claude sera pour lui ce que Vic Talar est pour moi. Quelques semaines plus tard, le 12 août 1965, alors qu'ils sont dans le sud de la France en tournée avec Marcel Amont, la 404 que conduit Jean-Claude percute un arbre. Mon frère est tué, comme Liliane Benelli, la fiancée de Serge Lama, une merveilleuse pianiste.

Lama est très gravement blessé. On annonce qu'il ne pourra plus jamais marcher. Quelques mois plus tard, nous sommes nombreux à chanter pour une soirée de soutien à l'Olympia – il y a là Georges Brassens, Marcel Amont, Sacha Distel, Barbara, Pierre Perret... Je ferai tout pour aider Serge. Je ne suis pas jaloux qu'il ait survécu et pas mon petit frère. Je me sens même un peu coupable, puisque c'est Jean-Claude qui conduisait. J'admire le long combat que Lama mène pour remarcher, pour reprendre le cours de sa vie et de sa carrière. Je l'aide autant que je peux. C'est la moindre des choses que je puisse faire. Dès qu'il pourra recommencer à chanter sur scène, presque trois ans plus tard, je le prendrai dans ma tournée. Mais, curieusement, il ne m'a fait qu'une seule chanson, *J'aime quand tu m'aimes* – lui, le texte et moi, une mélodie de valse.

Mon prénom, Gaston, est celui d'un frère de mon père, mort dans son enfance. Quand Suzy me donnera un fils, en 1967, nous l'appellerons Jean-Claude. Et je me demande si la mort de mon frère n'est pas la pire tragédie qu'aient vécue mes parents.

15

Dans la cave d'Edmond

Pour moi, la guitare n'est pas qu'un instrument. C'est une seconde nature. Aujourd'hui encore, quand je dois apprendre une mélodie qui n'est pas de moi, je n'arrive pas à la mémoriser en l'écoutant ou en la chantant, mais uniquement en la jouant à la guitare.

Je profite de ma première tournée en URSS, en 1966, pour poser ma guitare sur quelques chansons. Au début, je suis raide comme un piquet, je ne sais pas quoi faire de mes mains, mais je me prends à trouver agréable cette liberté. J'ose même quelques pas de danse – enfin, de danse... Disons que je bouge en mettant un peu de rythme dans les jambes, ce qui est déjà une performance. Car je sais jouer de la musique, chanter, jouer la comédie, frapper des percussions et, finalement, faire beaucoup de choses. Mais je n'ai jamais su et je ne saurai jamais danser.

Je reconnais que cela apporte beaucoup à mes concerts que je lâche un peu ma guitare. Mais je sais aussi combien elle m'a aidé. Les premières années, quand je passe en première partie et que le public ne me connaît pas, puis même quand je commence à chanter en vedette, ma guitare impressionne. Je n'ai jamais donné d'explication sur scène – d'où je viens, ma religion, les origines de ma musique... Ma guitare sert d'interprète. Elle fait comprendre que je viens de la Méditerranée, elle joue des choses à la fois très surprenantes et très faciles à ressentir pour des Français. J'ai l'impression qu'au début de ma carrière dans la chanson elle m'a vraiment sauvé la vie.

Puis elle me sauve encore la vie quand je la lâche. Le public découvre un artiste plus proche, plus chaleureux, et cela va compter plus tard, notamment quand il m'arrivera de vendre moins de disques : les salles ne cesseront jamais d'être pleines.

Mais, au quotidien, j'ai toujours une guitare près de moi. Je débute dans la chanson avec la guitare que j'ai rapportée d'Algérie. C'est la guitare que ma grand-mère avait achetée en Tunisie et avec laquelle j'ai joué avec Tonton Raymond. Elle a un son magnifique et jamais personne ne m'a suggéré d'en changer. Pourtant, c'est une guitare industrielle très bon marché.

Mon frère Jean-Claude rencontre une fille apparentée à un luthier qui s'appelle Favino. Je ne sais pas qu'il fabrique les meilleures guitares du monde – enfin, celles de Georges Brassens et de beaucoup de guitaristes manouches. Quand j'y vais avec mon frère, je discute avec Jacques Favino, je joue un peu, je lui explique ce que j'aime sur une guitare. Il me propose un bois sombre magnifique et me réalise ma première guitare sur mesure.

Il sait que je ne roule pas sur l'or et même que j'ai du mal à joindre les deux bouts – et il me dit que je paierai quand je pourrai. Avec cette guitare bleu nuit, j'enregistre mon premier disque – elle apparaît sur la pochette. Le son est magnifique. Je lui monte des cordes en acier Argentine, comme sur ma guitare d'Algérie et comme sur toutes mes guitares aujourd'hui.

Mais un matin, quand je suis dans le premier train vers Argenteuil après une nuit de cabarets, je la glisse dans le porte-bagages au-dessus de mon siège et je m'endors. Au réveil, je n'ai plus de guitare.

Je retourne chez Favino, très gêné. « Ne t'inquiète pas, tu me paieras quand tu auras de l'argent. » Comme il n'a plus de bois noir en stock, il me fait une guitare blanche. Dès que j'ai de l'argent, un ou deux ans plus tard, je vais voir Jacques Favino pour payer mes deux guitares. « C'est cadeau. »

Alors je lui commande une nouvelle guitare que je paye, évidemment. Et je n'ai plus eu que des Favino. Quand son fils Jean-Pierre a pris sa succession, je lui suis resté fidèle. Il a notamment réalisé la guitare à deux manches dont j'ai eu l'idée pour l'hommage à Cheikh Raymond, en 1999. Une guitare qui me permettait d'avoir deux accordages différents pour jouer toutes les pièces de musique arabo-andalouse.

Quand j'ai commencé à fréquenter l'atelier de Favino, j'ai découvert les guitares qu'il faisait pour Georges Brassens. Et il y a eu pendant longtemps une sorte de fraternité entre les quelques chanteurs qui étaient fous de guitare – Sacha Distel, Henri Salvador, Brassens et moi.

Brassens et moi, nous nous rencontrons pour la première fois grâce à André Asséo et Louis Nucera, nos attachés de presse qui invitent aussi dans un restaurant des Halles Raymond Devos et Joseph Kessel. La première fois, il me dit : « Tu n'as pas apporté ta guitare ? » Il chante *Les Gens du Nord* avec l'accent sétois, je réponds avec *Chanson pour l'Auvergnat*, puis *Les Deux Guitares* de Charles Aznavour – et Kessel se casse des verres sur la tête.

J'aime beaucoup Brassens, qui est à la fois très drôle et très timide. Quand je vais le voir, il appelle sa gouvernante, qui aime mes chansons. Et je suis toujours surpris qu'il connaisse aussi bien tous les répertoires de ses confrères. Chez lui, je rencontre le peintre Moretti. Comme il est lui aussi très timide, il me demande de l'accompagner un jour à un rendez-vous chez un mécène qui lui propose une commande à 2 millions de nouveaux francs, comme on dit à l'époque. Une gouvernante nous accueille : « Monsieur arrive. » Nous poireautons deux heures, puis la porte s'ouvre. Un homme très laid, avec des dents qui lui sortent de la bouche et un terrible défaut d'élocution. Je reconnais que je suis le premier à craquer. Mais le fou rire de Moretti est énorme. Évidemment, il rate l'affaire. Brassens nous charrie. « Ça ne m'étonne pas, dessinateur à la noix. Si encore tu t'inspirais de mes chansons et pas de ton jazz, ça ressemblerait à quelque chose ! »

Je ne cacherai pas que, quand le succès arrive vraiment, je suis heureux de gagner de l'argent. À Constantine, j'ai grandi dans un monde dans lequel l'argent n'a pas énormément d'importance, tout simplement parce qu'on n'en a pas. Ailleurs, dans la ville européenne ou à Alger, il y a des gens riches. Dans notre quartier, personne n'est riche mais personne ne se sent très pauvre. Il n'est pas difficile de gagner ce qui est nécessaire à la vie : j'ai souvent déjeuné d'un peu de pain, d'huile d'olive, d'ail et de tomates, sans me dire que c'était un repas de pauvre, ni même un pauvre repas.

C'est même un sentiment difficile à expliquer aujourd'hui : à Constantine, l'argent ne nous passionne pas. Nous ne regardons pas si le voisin a plus que nous. D'ailleurs, on s'invite souvent les uns, les autres. Solidarité de quartier, convivialité de quartier. J'ai encore le souvenir ému des pâtes extraordinaires que font les Calamoussa, des voisins italiens. Et, quant à moi, mes grands-parents me gâtent et j'ai de quoi aller au cinéma toutes les semaines, comme la plupart des gamins du quartier, et de quoi louer un vélo ou une guitare quand j'en aurai vraiment envie.

À 15 ans, quand commence la guerre, je ne peux pas dire que je sais vraiment ce qu'est l'argent. En 1960, mon premier salaire versé par l'Éducation nationale est de 60000 anciens francs (environ 950 euros d'aujourd'hui), ce qui me suffit amplement.

À Paris, pendant mes premières années de cabaret, je mange souvent des sandwichs et, avec Suzy, nous profitons beaucoup de l'hospitalité de notre famille. Je dois avouer que, pendant quelques années, nous ne faisons pas beaucoup de manières quand on nous dit : « Vous restez pour le dîner ? »

Je commence à vraiment bien gagner ma vie en 1965, notamment avec les galas. Désormais, je peux ramasser l'addition quand je suis avec les copains ou avec la famille au restaurant. Quand les chèques prennent encore du poids, je me mets à acheter des toiles de maître. Oui, je commence à me croire riche. Mais Edmond Cohen-Tannoudji va me donner une leçon utile. C'est un producteur de cinéma, oncle du futur prix Nobel de physique. Il a quitté Constantine depuis longtemps. Là-bas, nous le voyions comme le Rothschild de l'Algérie et je le considère un peu comme mon parrain. Je vois chez lui des toiles fabuleuses pendues aux murs – Chagall, Modigliani, Picasso, Matisse... un musée. Je dois lui dire d'une façon un peu maladroite que moi aussi je collectionne... Alors il me dit « Viens » et m'emmène à la cave. Et là, il y a encore des toiles, des toiles, des toiles... Ça me fait passer l'impression d'être devenu riche, mais surtout la tentation d'être jamais envieux, parce qu'il y a toujours mieux que chacun d'entre nous, et toujours une situation que l'on n'atteindra jamais. Alors autant essayer de conserver notre mentalité de la rue Louis-Biscarrat, sans trop se préoccuper d'amasser.

Mais je n'aime pas non plus me priver, même si en France il est toujours suspect de gagner de l'argent. J'aime les bons restaurants et, quand je fumais, j'aimais les gros cigares. Je suis ravi de pouvoir acheter sans emprunt mon premier appartement, boulevard de Courcelles, en 1967, juste avant la naissance de Jean-Claude. J'achète un autre appartement au Champs-de-Mars, que je revends quand je fais construire ma maison à Saint-Tropez. Cette maison, c'est toute ma fortune, mais c'est aussi là que Suzy et moi avons vécu tant de bonheurs avec nos enfants, avec nos familles, avec nos amis. Mais ce n'est pas parce que je suis une célébrité que j'ai acheté à Saint-Tropez.

Après le rapatriement, beaucoup de gens d'Algérie se sont installés sur la Côte d'Azur. Mon travail est à Paris mais, comme tous les Méditerranéens, j'ai la nostalgie du soleil et je voudrais bien aller facilement m'installer sur la Côte dès qu'il fait chaud. Un oncle me présente quelqu'un qui vend un tout petit terrain à Villefranche, près de Nice. Je l'achète mais, quand il s'agit de construire une maison, je réalise que le terrain est très en pente, qu'il y a un ravin en contrebas et j'ai peur pour mes enfants qui sont tout petits. Le propriétaire accepte de me reprendre le terrain.

Quelque temps plus tard, alors que je passe des vacances d'hiver à l'hôtel, sur la Côte, un ami m'emmène pour la journée à Saint-Tropez, que je ne connais pas. Nous arrivons à la plage tenue par Jérôme et Fabienne, des Algérois. Il y a là plein de pieds-noirs et je m'acclimate sans peine. Je décide d'y retourner et Saint-Tropez devient mon port d'attache pendant l'été. Mais je ne connais pas le Saint-Trop' des stars. Je ne rencontre Brigitte Bardot que parce qu'elle passe de temps à autre à la plage de mes copains.

En 1972, j'achète un terrain au chemin de Capou, sur la baie des Caroubiers. Au départ, je pense construire une petite résidence secondaire sans prétention, mais quand je découvre quelle est réellement la taille du terrain et quand je passe du temps à contempler la vue, je décide de construire une grande maison. J'y entre en 1974. Elle m'a coûté très cher et va continuer à me coûter très cher – l'entretien, le jardinier, les impôts, les taxes. Et, dans le métier d'artiste, il y a des années où l'on ne gagne rien. Plusieurs fois, je vais être près de devoir vendre ma maison, mais je parviens toujours à la sauver.

Je tiens à cette maison, je tiens à Saint-Tropez. Là-bas, je ne vis pas comme une star. Je parle plus facilement avec les gens du village et avec les paysans du coin qu'avec les célébrités. D'ailleurs, je ne les rencontre presque jamais. Je suis plus sportif que fêtard et, au lieu des soirées au champagne, je fais du footing. Le Saint-Trop' des pages people n'est pas mon style mais, grâce à mon ami René Hadgège, j'apprends à vivre en marge de ma condition de vedette.

René sera mon ami, mon conseiller et même plus. Nous serions indiens, je dirais qu'il a été mon gourou. Il m'a appris à souffrir. Je le rencontre en 1978 chez Sénéquier, sur le port de Saint-Tropez, où il prend son petit-déjeuner. Il est célibataire et vit dans un petit studio, tout près de là. Il fait de l'import-export de pièces détachées et il m'a l'air en très bonne forme – petit, très musclé, très tonique, même s'il a treize ans de plus que moi. Alors que je suis lève-tard, je me surprendrai très vite à me réveiller de bonne heure pour aller le rejoindre. Quand je lui dis que je cherche un masseur, il me répond : « Il faut marcher. » En fait, il me fait courir. Il me dit : « Dès que tu es fatigué, tu t'arrêtes et tu marches jusqu'à ce que tu puisses recommencer à courir. » Mais nous ne courons pas ensemble. Chacun part de son côté et nous en parlons ensuite. Je dois apprendre seul. Je vais mettre deux ans à arriver à faire son circuit. Et ça devient vraiment un besoin de courir. Vingt kilomètres par jour, à Saint-Tropez et aussi à Paris.

Je courrais encore vingt ans après la mort de René. Un cancer de la prostate l'emporte en 1992, et je le pleure beaucoup. J'ai dû arrêter de courir à 72 ans et j'ai remplacé le jogging par la natation.

Dans les articles sur Saint-Tropez, on cite souvent mon nom, mais je ne suis d'aucune des grandes fêtes, je vis à l'écart de toutes les mondanités. D'ailleurs, je ne suis allé qu'une seule fois à une fête d'Eddie Barclay. J'en ai tellement entendu parler que je finis par accepter l'invitation. Il y a beaucoup de pique-assiettes qui profitent du *dress code* et réussissent à entrer uniquement parce qu'ils sont habillés tout en blanc. Il y a un monde fou et du champagne à volonté. Je commence par me dire que je suis chez le dernier des seigneurs. Puis je réalise que ses fêtes sont sponsorisées par des marques d'alcool.

Cela dit, j'ai failli signer avec lui quand j'ai quitté Pathé en 1968. Et j'ai rencontré un homme curieux, plutôt inattendu. Car Eddie Barclay, qui fait tout pour apparaître comme un magnat flamboyant et comme l'égal des plus grands, est en fait un homme timide, qui est même gêné devant les stars. C'est son côté le plus sympathique, finalement. Et une preuve de plus que les personnages publics cachent souvent sous le bruit et les paillettes des failles et des douleurs. J'avoue que je suis facilement ému par cet aspect-là. Comme si nous étions beaucoup plus proches lorsque nous sommes sous l'envers du ciel bleu – où que soit ce ciel.

16

La serviette de la princesse Grace

Un proverbe arabe dit : « Tes ennemis sont les gens de ton métier. » Ce n'est pas propre à la variété française. C'était même ça dans la musique arabo-andalouse : les gens qui vous veulent le plus de mal sont toujours ceux qui ont la même profession que vous.

C'est peut-être parce que j'en avais été averti très tôt que je peux dire avoir peu eu à souffrir de mes confrères. Il y a un seul chanteur dont j'aurais envie de dire du mal. Un garçon que j'ai pris en première partie d'une tournée parce que nous avions le même imprésario – « Allez, Enrico, prends-le, rends-moi service ». C'est juste à ce moment-là que sa carrière a décollé. Je n'ai jamais entendu de remerciement.

Mais, à part cette ingratitude, j'ai la chance de ne pas avoir eu de problème avec d'autres artistes. Peut-être aussi parce que c'est surtout au public que je pense, et pas à ce qu'untel ou untel peut dire de moi. Et il y a vraiment beaucoup d'artistes que j'aime ou que j'ai aimé. Je me souviens du sourire de Jean Ferrat après que j'ai chanté *Nuit et brouillard* à l'Olympia en 2003. Je me souviens d'un trio avec

Sacha Distel et Claude François – avec lui, nous parlions en arabe, chacun dans la langue de son pays natal. Je me souviens de moments très forts avec Henri Salvador, quand nous nous chantons l'un pour l'autre nos chansons préférées. Je me souviens de la douceur de Georges Moustaki, lui aussi venu d'Orient, et qui était si attaché à la paix entre les hommes. Je me souviens d'avoir gardé la cigarette allumée de Gilbert Bécaud pour qu'il vienne tirer une taffe entre deux chansons.

Et puis tous les copains dans les émissions de Maritie et Gilbert Carpentier. Aujourd'hui, même les jeunes qui n'ont pas connu cette grande époque en parlent avec émotion, comme Bénabar qui a écrit une chanson sur eux. Maritie a fait beaucoup pour moi. Elle m'a donné confiance. C'est dans ses émissions que j'ai appris à jouer la comédie, à faire des sketchs, à danser.

Il ne faut pas oublier que mon métier, ma formation, c'est la musique arabo-andalouse. Dans les cabarets et les music-halls, j'apprends sur le tas. Je ne prends pas de cours, j'essaie d'être au service de ce qu'on me demande. Alors, quand je commence à avoir un nom et à être sollicité pour les émissions de Maritie et Gilbert Carpentier, je vais essayer de répondre à ce qu'on me propose. Et, dans leurs émissions, on ne se contente pas de pousser sa chanson en promotion. Il faut donner au téléspectateur ce qu'il n'a pas l'habitude de voir, ce qu'il ne s'attend pas à voir.

Les excellents conseils de Jacques Martin et Suzanne Gabriello me seront utiles. Quand Maritie Carpentier me convoque pour préparer une émission chez elle, rue Guynemer, dans l'appartement qui voit défiler tout le show-biz français, elle me propose de faire autre chose que chanter. Et j'avoue que ça plaît, ne serait-ce qu'à cause du direct. Aujourd'hui encore, je n'aime pas les émissions enregistrées et le play-back. Je veux du direct, avec le trac du funambule, les émotions intenses. C'est ma mentalité kamikaze : j'aime le risque de la scène et même les défis un peu fous.

La première fois, Maritie Carpentier me fait jouer une scène du *Cid* en pataouète avec Philippe Clair. Puis un sketch en perruques Grand Siècle avec Robert Castel. On joue du clavecin et ma perruque blonde glisse, laissant voir mes cheveux noirs – ça nous fait terriblement rire. Je vais faire le chauffeur de taxi avec Annie Cordy et Jacques Martin comme clients, des scènes avec Sim – le plus gentil des artistes –, Joe Dassin, Claude François, Sacha Distel, Mireille Mathieu, Carlos... Et c'est toujours en direct, en changeant parfois de costume à toute allure, avec souvent de petits incidents qui ne sont pas prévus et nous obligent à improviser.

Je n'ai jamais pris de cours de comédie mais j'aime vraiment tous les moments de rire que je tourne dans ces émissions. Et je dois avouer que ça me renforce dans la conviction que c'est toujours en pensant à la relation avec le public que l'on réussit dans ce métier. Il faut lui donner du plaisir, il faut le surprendre, il faut surtout lui parler avec sincérité et avec franchise. On ne doit pas mentir au public, mais surtout on ne *peut* pas lui mentir. Et quel que soit le public, même si ce sont des altesses et des P-DG.

C'est comme ça que j'ai échappé au désastre au gala de la Croix-Rouge à Monaco. Tout le monde dans le métier dit que c'est une galère. Les généreux donateurs viennent pour se faire voir et ce n'est pas le public populaire habituel de nos concerts. Pour la plupart des spectateurs, c'est l'unique concert de variétés dans l'année. En général, ils préfèrent l'opéra et ils viennent faire une BA. Alors beaucoup d'artistes se sont pris un bide terrible au gala de la Croix-Rouge.

Quand la princesse Grace me propose de faire le gala 1977, je cherche donc surtout un prétexte pour refuser. Le projet est de présenter un hommage à Rudolph Valentino avec des dizaines de danseurs et de danseuses, et des tangos intercalés dans mon tour de chant. Ouf. Je ne sais pas danser. Je peux me dandiner sur un cha-cha-cha, comme quand j'avais 17 ans, mais je n'ai jamais appris la valse, le tango et toutes les danses de salon. Alors, merci d'avoir pensé à moi et au revoir, Votre Altesse.

Mais peu après, un dimanche, boulevard de Courcelles, on sonne à la porte. C'est la princesse Grace. Tout le monde est interloqué. On s'empresse, on bafouille mais elle, très simple, souriante, me dit gentiment qu'elle est venue pour insister. Je répète mes raisons, que je ne ressemble pas du tout à Rudolph Valentino, que je ne sais pas danser. Elle me dit: « Faites-moi plaisir. Le coiffeur va vous faire les cheveux gominés, ce sera parfait. Pour la danse, vous aurez un professeur pendant trois mois. Vous serez logé à Monaco tout le temps qu'il faudra. »

Comment voulez-vous que je refuse, dans ces conditions? Alors je prépare mon tour de chant, je travaille avec le maître de ballet pendant des semaines à Monaco. Et ça marche. Je danse comme Rudolph Valentino. Vient le soir de la première. Dans la salle, le prince, la princesse et je ne sais combien de millionnaires et de têtes couronnées. Je ne dirai pas que j'arrive au concert dans les meilleures conditions. Yves Mourousi présente la soirée et il m'a dit d'emblée: « Mais enfin, Enrico, dans quelle galère es-tu allé te mettre? » Pendant la répétition, je dis aux musiciens: « À un moment, dans *Paris tu m'as pris dans tes bras*, vous arrêtez de jouer parce que je fais chanter le public. »

J'entends derrière moi un gros rire : « Ha, ha, ha ! Il veut faire chanter le public ici. » C'est le régisseur du Sporting. Il connaît sa salle et son public. Ça me fait mal. Ça me fait peur, aussi.

Donc, dans la première scène du spectacle, je dois entrer sur *L'amour c'est pour rien*, qui est un tango, avec un long fouet à la main. Je suis censé entourer une des danseuses avec le fouet, l'attirer contre moi, la prendre dans mes bras et chanter en dansant. À la répétition, ça marchait parfaitement. Donc, j'entre en scène en cadence sur la musique. Je bouge à peine le fouet que la lanière se détache du manche. Je ne peux plus rien en faire, alors j'ai un grand geste viril pour le jeter rageusement loin de moi. Mais maintenant je dois aller chercher la danseuse qui panique elle aussi. J'improvise, nous ne sommes plus en mesure, je danse n'importe comment. À la fin de la chanson, pas un applaudissement. Rien. À la deuxième chanson, bide complet. Les gens continuent à parler entre eux, tranquillement, comme s'il n'y avait personne sur scène. Qu'est-ce que j'ai fait en acceptant ce gala ? Je sens des sueurs froides affreuses. Mais elles ne me descendent pas le long du dos. J'ai l'impression qu'elles me remontent des pieds vers le sommet de la tête.

Alors, à la troisième chanson, j'arrête tout le monde. Le public lève les yeux. « Je vais vous dire ce que je ressens. Moi, je suis né à Constantine en Algérie et, quand j'étais petit, je faisais des ballons avec de vieilles chaussettes pour jouer au foot dans la rue. Je n'aurais jamais cru que ce petit garçon allait se retrouver devant ces têtes couronnées, devant la princesse Grace... Mais pardonnez-moi, je suis moi aussi une tête couronnée. Je représente le peuple. »

Je ne sais pas s'ils attendaient ça mais, en tout cas, tout le monde applaudit. Alors j'enchaîne. Je fais signe aux musiciens, le groupe démarre une chanson et, à sa table, la princesse Grace fait quelque chose d'extraordinaire. Elle attrape sa grande serviette blanche et la fait tourner au-dessus de sa tête, comme le font les pieds-noirs aux places populaires dans mes concerts. Puisque la princesse le fait, toute la salle la suit et des centaines de serviettes se mettent à tourner au-dessus des têtes. L'éclairagiste éteint la salle et la scène, ne laissant que quelques projecteurs en lumière rasante sur les serviettes qui tournent – et c'est magnifique. À partir de là, tout se passe comme si j'étais à l'Olympia avec un parterre de Constantinois. Après le concert, la princesse me fait descendre de scène et m'asseoir à sa table. Et là, tous les courtisans assurent qu'ils n'aiment que moi et mes chansons depuis toujours.

Naturellement, on m'a aussi proposé d'être acteur. D'abord dans un film de Philippe Clair, *Déclic et des claques*, au moment où je commence à avoir beaucoup de succès, et dans lequel je joue mon propre rôle. La sensation est comme dans les sketchs pour Maritie et Gilbert Carpentier : un instant avant que l'on dise « Action », je ne sais pas où je vais ; puis je me lance sans gamberger et je suis un autre homme. Je suis naturel, spontané – et c'est aussi pour ça qu'il m'arrive de faire des conneries, d'ailleurs. Mais c'est aussi pour ça que je suis meilleur à la première prise.

Ensuite, j'ai envie de cinéma mais je ne veux pas provoquer l'occasion. J'attends. Claude Berri sent quelque chose chez moi et me propose de tourner un bout d'essai pour *Pleure pas la bouche pleine* de Pascal Thomas qui, d'ailleurs, était au lycée avec moi à Fontainebleau. Les essais ne sont pas concluants. Il y a des choses que je n'ai pas envie de faire, je crains que mon rôle n'entache mon image. Quand nous sommes dans la salle de projection à regarder les rushes, tout le monde rit en voyant une de mes expressions sur l'écran. Alors je me lève et je leur dis, avec un grand geste : « Eh bien, ça, ça vous fait rire ! » Berri, voyant ma réaction, s'exclame : « Mais c'est ça qu'il fallait tourner ! »

Il a sans doute raison : j'ai du mal à tricher, j'ai du mal à ne pas être moi-même, y compris quand je fais quelque chose qui ne me ressemble pas. De manière inattendue, une vingtaine d'années plus tard, ce n'est pas au cinéma que l'on me fait une proposition, mais au théâtre. En 1992, on m'appelle pour *Quelle nuit !*, une pièce anglaise adaptée par Michèle Laroque. Je joue un type qui se réveille dans le lit de sa maîtresse et ne trouve plus ses vêtements. Il y a toute une série de rebondissements, je dois me travestir en femme, un policier tombe amoureux de moi... Avec mon habitude de la scène, ce n'est pas très difficile pour moi et c'est une très belle expérience avec le public, même si les gens m'attendent peut-être trop dans mon costume de chanteur. Nous jouons huit mois en tournée mais pas à Paris.

Ensuite, je m'amuse beaucoup sur *La Vérité si je mens 2* en 2002. Je ne suis pas prévu dans le casting d'origine. Il me semble que Guy Bedos a refusé le rôle et c'est une amie de Jocya, qui travaille sur le film et me connaît depuis toujours, qui suggère mon nom à Thomas Gilou. Il me convoque, me fait seulement faire une lecture et, aussitôt, me dit qu'il me prend.

Je me sens crédible dans ce personnage même si, dans la vie, je ne donnerais jamais de claques à mon gendre. Mais certaines scènes et certaines répliques sont tout à fait moi. C'est pour cela que mon personnage fonctionne bien, comme ceux que je vais tourner ensuite, et notamment le juge de proximité dans *Monsieur Molina*, dans lequel j'aime la simplicité et l'humanité du personnage. Et c'est aussi pour cela que Thomas Gilou me rappelle pour *La Vérité si je mens 3*. Et cela ressemble aussi à ma carrière de chanteur : les gens aiment ma sincérité, sur scène, en disque ou dans les talk-shows à la télévision.

Quand malgré moi je perds de vue cette sincérité, les choses vont aussitôt moins bien. Au début des années quatre-vingt-dix, l'inspiration me quitte. Ce n'est pas net, ça n'arrive pas du jour au lendemain mais je commence à n'avoir plus envie. Les années quatre-vingt se sont plutôt bien déroulées, finalement. J'ai beaucoup voyagé, beaucoup chanté. J'ai eu des succès – *La France de mon enfance, Un berger vient de tomber, Malheur à celui qui blesse un enfant*... Alors que d'autres chanteurs qui ont débuté à la même époque que moi ont eu énormément de mal à tenir la tête hors de l'eau, je m'en suis bien sorti.

Mais, insensiblement, les choses deviennent de plus en plus compliquées pour moi. Je n'ai pas envie de composer, je suis content que l'on m'apporte des mélodies. Et puis je n'ai pas souvent d'idées de chansons. Quand Jacques Demarny écrit mes textes, c'est en général moi qui suggère un thème, voire un titre ou quelques vers du refrain. Là, je n'ai pas grand-chose à apporter aux paroliers. Et je ne sais même si pas j'en suis vraiment conscient, à l'époque.

Il est vrai que Suzy, ma femme, est de plus en plus fréquemment malade et cela me fait vraiment souci. Et peut-être aussi suis-je un peu feignant, après toutes ces années frénétiques – j'approche des trente ans de carrière, quand même.

En 1995, je sors l'album *Et Johnny chante l'amour*. Sur le coup, j'y crois. Après tout, il faut vraiment de l'enthousiasme pour passer des semaines en studio, pour écouter une douzaine de chansons des centaines de fois avant d'affronter les interviews, de répéter avec ses musiciens, de partir en tournée, de gérer tout le stress et tout le cérémonial d'une rentrée à l'Olympia... Je sais que les journalistes et même le public aiment se moquer des artistes en promotion qui disent qu'ils viennent d'enregistrer le meilleur album de leur carrière. Mais si l'on n'avait pas la conviction d'avoir fait un bon album et même son meilleur album, eh bien on ne le sortirait pas !

Donc je crois en *Et Johnny chante l'amour*. Je n'ai composé que deux ou trois chansons, toutes les autres mélodies étant de Claude Morgan. Je ne me rends pas vraiment compte que ce n'est pas l'album le plus Enrico d'Enrico. Je pense que, ayant enregistré *Je me souviens*, que j'ai composé avec un texte de Didier Barbelivien, je me sens fidèle à moi-même. J'y parle de Constantine, du Paris de ma jeunesse, des gitans avec qui je chantais jadis...

Je mettrai quelque temps à réaliser que ce n'est pas vraiment mon meilleur album. Évidemment, si on savait que l'on se perd quand on se perd, on ne se perdrait jamais. Et ce serait facile de ne sortir que des tubes.

Quoi qu'il en soit, je me rends compte que ce n'est pas le mieux que je puisse faire. Je me demande pourquoi. Je me demande si c'est simplement que je n'y crois plus, si c'est un passage à vide. Mais deux phénomènes se déroulent en parallèle : je vends moins de disques et je passe moins à la radio, alors que les salles de concert sont toujours pleines. J'ai moins de succès mais le public m'aime toujours.

Et, effectivement, je traverse une dizaine d'années difficiles. Heureusement, je tiens le coup parce que le public ne me juge pas d'après mes chansons du moment mais d'après ma personnalité, mon histoire. Je ne perds pas ma notoriété. Il me reste à me retrouver.

TROISIÈME PARTIE

RETOURNER

17

Hommage

Depuis des années, je meurs d'envie de jouer de la musique andalouse et autrement que de loin en loin Chez Berthe. J'en parle à mon fils Jean-Claude. J'en parle aussi à Jacques, mon beau-frère, le fils de Cheikh Raymond. Il se trouve qu'il est très lié avec Taoufik Bestandji, qui est à la fois un musicologue comme on en a en Europe et un musicien arabo-andalou formé à Constantine, en famille. Il est le petit-fils d'Abdelkrim Bestandji, oudiste de Constantine disparu en 1942 et qui a été un des maîtres de Cheikh Raymond.

Cheikh Abdelkrim Bestandji appartenait à une famille dont le nom est d'origine ottomane et qui compte beaucoup de musiciens, dont quelques génies. Il était notamment le neveu d'Ahmed Bestandji, à la fois savetier, notable d'une confrérie soufie de Constantine et maître du violon et du chant andalou, mort en 1946. Abdelkrim Bestandji, quant à lui, n'était pas passé par les grandes confréries. Il était issu du monde populaire et érudit du foundouk. Ce n'était pas un saint homme mais un fou de musique qui pouvait rester jouer avec ses amis dans une taverne s'il avait l'inspiration et oublier à la même heure un engagement lucratif dans le salon d'un amateur fortuné. C'est peut-être pour cela que l'on n'a aucun enregistrement de lui, même s'il était le plus grand virtuose de Constantine avant que le talent de Cheikh Raymond n'explose. Personne, sur aucun instrument, n'atteignait sa science et il a transmis beaucoup de son savoir sur le oud à Cheikh Raymond.

Son petit-fils, Taoufik Bestandji, rêve de rendre sa gloire et son lustre au malouf. Il dirige un orchestre, forme des musiciens et aimerait participer à la réhabilitation de Cheikh Raymond dans la mémoire de l'Algérie. Les uns parlent aux autres et m'arrive la proposition de présenter, avec l'orchestre de Taoufik Bestandji, un hommage à Cheikh Raymond Leyris au Printemps de Bourges. Ce sera un concert unique, le 18 avril 1999 – jour de clôture du festival – que l'on enregistrera pour sortir un album *live*.

Taoufik me propose non seulement de reprendre ce que je jouais à la guitare avec Tonton Raymond, mais aussi de chanter son répertoire – après tout, je suis chanteur, non ? Mais je ne suis pas chanteur arabo-andalou. Pendant les quelques années où j'ai joué cette musique, j'écoutais chanter Tonton Raymond mais pas une syllabe ne sortait de mon gosier, à part quelques chœurs ici ou là dans les pièces les plus dansantes et populaires – et vraiment quand tout le monde chantait. Autrement, j'étais concentré sur ma guitare et je n'essayais même pas de retenir les paroles. Il ne me serait pas venu à l'idée de chanter en présence de Tonton Raymond... ni même d'essayer de chanter en son absence ce que je l'avais entendu faire. Même quand j'avais commencé à écrire quelques chansons en français tout en jouant dans son orchestre, je n'essayais même pas de chanter le répertoire andalou.

C'est ce que j'explique à Taoufik. Je pense pouvoir facilement retrouver mon niveau de guitare dans ce répertoire, mais je vais devoir apprendre les chants de bout en bout. Et, pour tout dire, je ne sais même pas si je vais savoir chanter en arabe.

Le travail va durer six mois. Comme je m'y attendais, ce n'est pas insurmontable de retrouver les automatismes à la guitare. Mais apprendre les textes est très compliqué. C'est plus facile avec les quelques textes en arabe dialectal mais, en général, la langue chantée dans l'andalou est très proche de l'arabe littéraire et c'est très exigeant. La subtilité tient à la prononciation exacte de chaque mot et surtout à son placement sur la musique, chaque syllabe devant épouser la longueur de chaque note pour correspondre parfaitement à la musique et au sentiment qu'elle véhicule. Pour schématiser, disons qu'il faut faire attention à la diction comme à la Comédie-Française et à la musique comme à l'Opéra de Paris. J'ai beau avoir quelques décennies d'expérience du micro et de la chanson, c'est l'exercice le plus difficile techniquement que j'aie jamais tenté.

En plus, je ne me facilite pas la vie. Dès le départ, je dis à Taoufik : pas question de pupitre, pas question de cahier, pas question de prompteur ! Je chanterai par cœur ! Je pense que l'on perd en émotion en lisant ce que l'on chante. Eh bien, heureusement que j'entretiens ma mémoire sur scène depuis des années... S'il fallait tout reporter sur une partition, il y aurait des myriades d'inflexions, de virgules, de soupirs, d'accents, d'appoggiatures... En même temps se réveillent des milliers de détails enfouis dans ma mémoire depuis des dizaines d'années. À presque 60 ans, j'ai la preuve que l'arabe est bien une de mes langues natales.

Taoufik est un formidable pédagogue et un excellent directeur musical. L'orchestre qu'il constitue est composé de musiciens constantinois, sauf le joueur de qanûn qui vient d'Alger. Plusieurs sont déjà en France, notamment en raison de la guerre civile en Algérie, mais d'autres viennent pour les répétitions à Paris. Je me souviens de l'un d'entre eux, que j'emmène régulièrement dîner à la Boule rouge, où j'ai mes habitudes. Je ne sais pas pourquoi, il prend toujours qu'une salade, alors que la carte est formidable. Au bout de plusieurs jours, Raymond, le patron, lui demande : « Vous êtes végétarien ? – Non, je suis algérien. »

Nous nous entendons tous très bien et, dès les premières répétitions, il devient évident que ce n'est pas seulement une aventure nostalgique d'Enrico Macias retrouvant la musique de sa jeunesse : cet hommage est une décisive entreprise de rapprochement entre musulmans et juifs d'Algérie, une manifestation de notre culture et de notre identité commune. C'est pourquoi il se vendra presque 50 000 exemplaires de l'album en trois mois, ce qui est une performance étonnante pour un disque de musique traditionnelle de langue arabe en France !

Alors que nous travaillons, Taoufik monte un hommage à Cheikh Raymond au Centre culturel algérien à Paris, le 16 mars. Il y a là l'ambassadeur d'Algérie, dont on avait déjà remarqué la présence, quelques mois plus tôt, à l'enterrement de Reinette l'Oranaise, grande chanteuse arabo-andalouse juive, morte à Paris à 83 ans. Le concert que donnent Taoufik et son orchestre est magnifique et, à la fin, je monte sur scène pour chanter deux ou trois titres en arabe. Grosse émotion, évidemment.

Il y a toujours eu des Maghrébins de toutes les communautés à mes concerts, mais nous savons que le public à Bourges sera encore plus mélangé que d'habitude. Tout se passe bien. Très bien, même. J'ai même tenu à jouer aussi un peu de oud. C'est un instrument moins efficace que la guitare pour diriger l'orchestre, mais j'aime sa couleur et j'ai un peu plus encore l'impression de marcher sur les traces de Tonton Raymond.

Le concert est intense, à la fois joyeux et recueilli. On a l'impression que le public part à la découverte d'un pays dont il avait vaguement entendu parler, mais qui lui était toujours inconnu. Les gens d'origine algérienne dans la salle sont émerveillés de retrouver la musique de jadis. Mais les festivaliers européens semblent comprendre enfin une histoire qui pour eux était très abstraite. Après le concert, ils seront nombreux à me dire qu'ils voient enfin qu'Enrico Macias, le chanteur pied-noir de variétés, vient d'une culture riche et sophistiquée, et que quand on parle du déracinement des juifs d'Algérie, ce n'est pas seulement une vague récrimination. Avec l'hommage à Cheikh Raymond, je montre de manière flagrante que ma culture d'origine n'est pas européenne et que j'ai été arraché au pays de mes ancêtres. Comme pour faire le pont, et alors que le raï est au sommet de sa popularité auprès du public français, Cheb Mami est même venu chanter avec moi *Koum tara* aux rappels.

Après Bourges, il se monte une tournée. Cela m'étonne un peu mais il serait dommage d'avoir autant investi pour un unique concert. J'ignore encore que je vais tourner pendant trois ans avec l'hommage à Cheikh Raymond !

De salle en salle, je suis étonné que cette musique que je crois accessible seulement aux initiés touche autant de gens. J'avoue même que j'ai quelques inquiétudes sérieuses quand le producteur m'annonce que nous allons nous produire à Bruxelles et Genève. Ce ne sont pas des villes où il y a une forte communauté algérienne, musulmane ou juive. J'insiste pour que le nom de Cheikh Raymond soit vraiment plus gros que le mien, qu'il n'y ait pas de malentendu. Parce que la seule chose de l'autre carrière d'Enrico Macias que l'on peut entendre, c'est une petite citation de la mélodie d'*Adieu mon pays* à la guitare dans une introduction ! Mais, à Bruxelles comme à Genève, la salle est pleine et le public, aussi enthousiaste que s'il était algérien !

Quand je suis invité au festival d'été de Québec, je suis vraiment inquiet. Je pars avec mes musiciens habituels et deux musiciens algériens. Je leur demande un travail de titans : apprendre le répertoire de l'hommage à Cheikh Raymond et répéter quand même les chansons que nous jouons d'habitude ensemble. Mon plan est que si, au bout de deux ou trois morceaux andalous, je sens que le public n'adhère pas ou qu'il commence à s'en aller, nous basculerons sur les chansons habituelles d'Enrico Macias. Devant la scène, il y a dix mille personnes et je ne peux pas me permettre un bide. Dès les premières notes, je suis moi-même surpris de l'attention et du plaisir du public, qui est pourtant très, très loin de cette culture. J'en oublie même que je pourrais chanter les succès d'Enrico Macias. Je suis Gaston Ghrenassia, l'élève de Cheikh Raymond Leyris.

Je vais donc tourner pendant trois ans avec cet hommage. Au bout d'un moment, Taoufik Bestandji se fait remplacer par Kamel Labassi, un Bônois qui tourne toujours avec moi aujourd'hui. Et, en même temps que je chante Cheikh Raymond en tournée un peu partout, mon fils Jean-Claude se lance dans un projet étonnant.

C'est un musicien magnifique qui a, dès le départ, choisi de ne pas suivre la voie familiale – *les* voies familiales, puisque son père et sa mère sont tous deux enfants de musiciens. Il est contrebassiste de jazz, compositeur, producteur et aussi directeur artistique chez Virgin. Il n'a jamais approché ni la musique andalouse ni mon propre travail. Et il me propose quelque chose de surprenant, pour lequel je n'ai qu'à me laisser faire : il veut faire remixer mes succès par des jeunes gens de la musique électronique.

J'avoue que je ne sais pas qui sont Bill Laswell, Grand Popo Football Club, Mike Ladd, Concorde Music Club et tous les autres. Mais quand Jean-Claude me fait écouter ce qu'ils ont fait avec mes chansons – des chansons qui sont parfois parues des années avant leur naissance –, c'est comme l'autre face de l'hommage à Cheikh Raymond : je réalise que, si je suis très enraciné dans mes origines algériennes et dans la musique arabo-andalouse, je suis aussi prolongé par des musiciens qui ont une manière de travailler totalement différente de la mienne et un bagage musical que je ne connais évidemment pas entièrement, même si j'en fais partie.

Le double CD d'hommage à Cheikh Raymond se vendra finalement à près de 100 000 exemplaires et *Enrico Experience* sera loin de ce score. Mais c'est un album remarqué. Je me souviens des *Inrockuptibles* qui écrivent : « Si on nous avait dit un jour qu'Enrico Macias serait célébré dans ces pages on aurait ri dédaigneusement, bêtement. » Ça vaut tous les disques d'or !

Je ne deviens pas un artiste branché pour autant, mais je me retrouve pleinement dans mon époque. Ou, plutôt, je suis très recentré : d'une part, j'ai retrouvé mes racines ; d'autre part, je reçois un message d'amour de la jeune génération. Je sens qu'il est temps de revenir à moi-même.

18

Des concerts là-bas

On entend évidemment parler jusqu'en Algérie de mon hommage à Cheikh Raymond. Les médias là-bas parlent de ma tournée et de mon album, disent que je chante en arabe et que mes musiciens sont algériens. Ils ignorent pour la plupart que les enregistrements et même le nom de Tonton Raymond ont été censurés pendant des années. On m'a même raconté que des jeunes gens apprennent le malouf à Constantine en écoutant de vieux disques copiés sur cassettes dont on leur disait qu'on ignore le nom du chanteur, uniquement pour cacher qu'un juif avait été un immense artiste de langue arabe... Tellement d'efforts ont été faits pour faire oublier Raymond Leyris que des journalistes algériens qui travaillent en 1999 n'ont personne pour leur dire qu'il ne faut pas parler du juif qui chantait la plus belle tradition musicale arabe d'Algérie.

Pendant ce temps, j'entends bien ce que me disent des Algériens après mes concerts ou au hasard des rencontres dans la rue. Cet hommage à Cheikh Raymond les comble : ils sont ravis de retrouver le vrai Enrico qui chante sa vraie musique, comme si jusqu'à présent j'avais été un faux Enrico en chantant en français. Je sais que les antisémites forcenés sont furieux de m'entendre chanter en arabe mais, pour la plupart des Algériens, c'est la confirmation que je suis des leurs – et même, pour certains parmi les plus jeunes, la découverte de mon algérianité.

Il se trouve que, fin avril 1999, quelques jours après mon concert en hommage à Cheikh Raymond au Printemps de Bourges, Abdelaziz Bouteflika est élu à la présidence de la République algérienne. L'Algérie s'est enfoncée depuis 1991 dans une guerre civile atroce. Le terrorisme islamiste et les forces de l'ordre s'affrontent sans pitié. Des dizaines de milliers de morts, des centaines de milliers de personnes déplacées, des milliers d'intellectuels, d'artistes et de militants des droits de l'homme qui s'exilent...

Pendant des années, mon cœur saigne pour l'Algérie. J'assiste aux récits effrayants qui sont faits à la télévision, comme tous les Français. Et, par des amis en Algérie, j'ai encore d'autres informations sur les horreurs que traverse le pays. Je sais que certains Français haussent les épaules devant ces événements en disant que le FLN reçoit la monnaie de sa pièce et, à son tour, affronte des maquis, des attentats, des massacres aveugles, et à son tour doit procéder aux déplacements forcés de populations, aux rafles aveugles dans les rues, aux pratiques douteuses d'unités spéciales antiterroristes...

Mais moi, je suis incapable de ricaner, incapable de voir là une sorte de vengeance sarcastique de l'histoire. Je suis bouleversé à chaque nouveau massacre, à chaque nouvel assassinat spectaculaire, à chaque outrage fait à l'âme et à la chair de ce pays. Ce n'est pas par piété familiale ou par corporatisme d'artiste que je le dis : les fous qui assassinent Matoub Lounès ou Cheb Hasni me font inévitablement penser à ceux qui ont mis à mort Tonton Raymond – terrifier le peuple en abattant des hommes de paix, des poètes, des artistes dont le seul rôle sur cette Terre est d'embellir la vie et de chanter la liberté...

Au printemps 1999, je ne dirai pas que je fonde d'immenses espoirs en la candidature de Bouteflika, qui propose une audacieuse politique de concorde. Comme des millions de gens des deux côtés de la Méditerranée, j'attends seulement l'homme qui saura mettre fin à la tragédie sans capituler face au terrorisme, sans sacrifier son peuple, sans offrir son pays aux islamistes.

Une fois qu'il est élu, il se passe des choses inattendues, qui tendent à prouver que Bouteflika ne cherche pas seulement la concorde à l'intérieur de l'Algérie. Tout le monde a l'impression qu'il veut aussi faire souffler un vent nouveau dans les relations avec la France et avec le monde. Quelque temps plus tôt, il a publiquement serré la main au Premier ministre israélien Ehud Barak pendant les obsèques du roi Hassan II du Maroc. Jusqu'à présent, c'était impossible.

Lors des cérémonies officielles célébrant le deux millième anniversaire de Constantine, il rend hommage aux juifs qui ont fait la grandeur et le prestige de la ville, et cite notamment Cheikh Raymond. Du même élan, il dit que ce serait bien que je vienne chanter dans la ville où je suis né. Ça ne tombe pas dans l'oreille d'un sourd, comme on dit. Tout le monde en parle ! À la première interview qu'il donne à une télévision française quelques jours plus tard, il confirme : il aimerait qu'Enrico Macias vienne chanter dans son pays natal. Sur ces entrefaites, le cinéaste Alexandre Arcady, de retour d'un tournage en Algérie, me téléphone au studio où l'on mixe l'album de mon hommage à Cheikh Raymond. Il me demande s'il peut donner mon numéro de téléphone à un organisateur de concerts qui rêve de me faire venir. Bien sûr. Et quelques instants plus tard, le téléphone sonne de nouveau.

Le directeur de l'Oref, un organisme culturel d'État, me dit que c'est le plus beau jour de sa vie. Il est constantinois lui aussi, il se souvient bien des chansons de mon beau-père, il veut vraiment me faire venir et... et... et je lui dis de ne pas quitter. J'approche le téléphone des enceintes et je mets le volume pour qu'il entende le titre de l'hommage à Cheikh Raymond sur lequel nous travaillons. Il est vraiment très ému de m'entendre chanter en arabe.

Cependant, j'insiste : je suis d'accord évidemment sur le principe d'un concert et même d'une tournée en Algérie mais, puisque le président Bouteflika veut que je vienne, il faudrait qu'il m'invite officiellement. Quelques jours plus tard, le tourneur me rappelle. Il a eu la confirmation de la présidence : il y aura une invitation officielle.

L'été passe et, en octobre, je suis invité à dîner par l'ambassadeur d'Algérie. Je ne viens pas seul : il tient à recevoir chez lui, à Neuilly, la famille de Cheikh Raymond. Il se trouve que l'ambassadeur est aussi un Constantinois et ce dîner est particulièrement surprenant... parce qu'il est d'une normalité absolue. Nous sommes entre gens du même pays, de la même ville. Nous avons le même accent, les mêmes souvenirs en mémoire. Sauf que l'ambassadeur peut retrouver Constantine quand il le souhaite et que nous n'y avons pas remis les pieds depuis 1961.

En février 2000, la présidence algérienne prend contact avec moi. Les relations avec la France ne sont pas totalement pacifiées après des années de tension dues à la guerre civile là-bas, et Abdelaziz Bouteflika ne peut me rencontrer à Paris. En revanche, invité par un forum économique à Monaco, il présidera là-bas une réception et souhaite m'y voir.

C'est un grand moment. Sous les ors de la principauté, Bouteflika a invité beaucoup d'Algériens de France. Zinedine Zidane n'a pas pu se libérer, mais il y a le judoka Djamel Bouras, l'acteur Robert Castel... Nous sommes tous heureux de nous retrouver là car on se doute bien que le président veut envoyer un signal fort à la France et que nous, juifs d'Algérie qu'il a invités, sommes une partie de ce message. Quand, suivi d'une grappe d'officiels, il traverse la salle pour aller s'asseoir à sa table, il s'arrête soudain devant moi, s'approche et me prend dans ses bras.

Je sais bien que c'est aussi un geste politique, mais personne ne pourrait résister à l'émotion que provoque un tel symbole. Tout le monde nous regarde et Bouteflika sait très bien que, chez lui, l'attention qu'il me porte sera commentée. Pendant son discours, il répète son hommage à la contribution des juifs à la culture algérienne et s'étend encore sur le génie de Cheikh Raymond. Puis vient l'instant solennel où il m'invite officiellement à venir chanter en Algérie. Que je chante le malouf lui permet d'ailleurs d'insister sur le fait que, si je suis devenu célèbre avec des chansons en français, je suis un artiste authentiquement algérien. Et il ajoute une promesse dont je n'avais pas été avisé et que je n'aurais même pas imaginée : il dit que, lorsque j'irai à Constantine me recueillir au cimetière juif sur la tombe de mon beau-père assassiné, il sera en personne à mon côté.

J'avoue que, sur le coup, l'émotion me submerge. Depuis des mois que l'on parle d'une tournée en Algérie, quelque chose est irrésistiblement revenu. Pas seulement des souvenirs, pas seulement l'impatience de sentir l'air, la chaleur, le vertige de Constantine, mais le sentiment singulier d'appartenir à ce pays. Depuis quarante ans, ma vie est en France même s'il n'y a pas un jour où je ne pense à mon pays natal. Mon métier, ma famille, ma maison, tout était en France. Soudain, l'Algérie est à portée de main. L'Algérie me revient avant que j'y retourne.

Et, honnêtement, je n'y avais jamais vraiment pensé. Quand j'arrive en France après la mort de Tonton Raymond, je n'ai aucun espoir de repartir en Algérie. Je n'y pense tout simplement pas. C'est d'ailleurs pourquoi je décide d'aller vers la chanson, puisqu'il me paraît totalement impossible de retourner là où se jouait la musique andalouse. C'est une douleur, évidemment. Depuis 1961, la nostalgie de l'Algérie où j'ai été si heureux est permanente.

Mais si nous avons été chassés de notre pays, nous avons aussi fui une terre de violence où les enfants n'allaient plus à l'école par peur des attentats, où l'on se rendait sur le chemin de la synagogue avec la peur au ventre, où les commerçants préféraient abandonner leur magasin plutôt que d'être tués par une grenade lancée derrière le comptoir. Et quand les menaces immédiates de violence se sont apaisées, quelques années après l'indépendance, beaucoup de juifs d'Algérie ont fait le voyage là-bas. Ils voulaient revoir leur maison, se rendre sur la tombe de leurs proches, sentir les odeurs et le soleil de leur enfance... Moi-même, j'incite Suzy à le faire. Quand mes enfants Jocya et Jean-Claude grandissent, je le leur propose aussi.

Quant à moi, je suis sur la liste noire de la Ligue arabe et mes disques sont interdits en Algérie. Certes, les immigrés les rapportent au bled ou les envoient par la poste, les marchands de cassettes puis de CD pirates les reproduisent par centaines de milliers. Comme l'Algérie écoute la radio française et regarde la télévision française, il n'y a pas un citoyen de ce pays ignorant qui est Enrico Macias. Mais je suis officiellement interdit et je n'ai aucune raison d'aller là-bas. Pendant des décennies, les citoyens français n'ont pas besoin de visa pour entrer en Algérie, mais que se passerait-il si je me présentais à la douane après avoir atterri à l'aéroport Houari-Boumediène ? On me demanderait de signer un papier certifiant que je ne viens pas chanter ? On exigerait de ma part une condamnation officielle d'Israël ? On me ferait remonter dans le premier avion pour Paris ?

Je n'y pense jamais plus de quelques secondes. Tant que la radio nationale algérienne bannit mes disques, je n'ai aucune raison de retourner dans ce pays. Pourtant, les Algériens me considèrent comme un des leurs. J'en ai chaque jour le témoignage, à Paris, en province ou à l'étranger, quand j'entre dans un bureau de tabac, quand je prends un taxi, quand j'attends un avion et évidemment quand je chante. J'entends des youyous, des cris en arabe, des bravos à l'accent reconnaissable entre tous. Et on vient me parler après mes concerts... Cette relation privilégiée s'est manifestée dès mes débuts dans les cabarets et ne s'est jamais interrompue.

Depuis que les intégristes ont plongé l'Algérie dans la guerre civile, je rencontre une nouvelle génération d'exilés, qui viennent partager avec moi la douleur de devoir abandonner leur pays pour sauver leur vie. Et, là-bas, ceux qui sont restés entendent désormais différemment *Adieu mon pays* puisque tous ont des amis ou des proches qui ont dû fuir. Pour tous, il ne fait pas de doute que je suis algérien, que je suis du même peuple qu'eux. Je le suis même de plus en plus parce qu'ils comprennent beaucoup mieux les souffrances de tous les natifs d'Algérie chassés par la guerre. Oui, certains Algériens ne comprennent la tragédie des pieds-noirs que quand, à leur tour, ils doivent quitter leur pays pour échapper à la violence.

Mais, pendant des années, je ne fais pas d'analyse politicienne de la réalité algérienne. On interdit mes chansons ?

C'est qu'on ne veut pas de moi. Alors je ne fantasme pas un retour dans mon pays natal. Point final.

Abdelaziz Bouteflika a tout changé. Il a ouvert une porte que je croyais fermée pour toujours. Et même mieux : jusque-là, j'ignorais qu'il y avait une porte dans le mur de l'exil.

Ma tournée en Algérie approche et je ne vois que des présages heureux. Je voudrais que l'on associe les harkis à cette réconciliation. Après que j'en ai parlé dans une interview en France, on me fait savoir que la concorde que souhaite le président Bouteflika ne va pas jusque-là. De même, j'annonce mon intention d'aller me recueillir sur la tombe de Matoub Lounès, l'immense poète et chanteur kabyle assassiné en 1998. Or, la présidence algérienne ne tient pas à ce qu'on agite trop les symboles de la révolte kabyle contre le pouvoir central et l'arabisation. Rétrospectivement, il me semble que c'est à partir de ce moment que les choses se grippent.

La tournée est prévue pour mars 2000. Je propose que le premier concert ait lieu le 16 mars, jour de l'Aïd el-Kebir, la plus grande fête du calendrier musulman. On prévoit d'abord cinq concerts, en commençant par Constantine. J'insiste pour qu'on ajoute un sixième concert à Tizi Ouzou – après tout, la famille de ma mère est originaire de Kabylie. Les dates sont fixées : je commencerai donc par un concert dans mon cher Olympia, le 4 mars, puis ce sera l'Algérie : le 18, finalement, à Constantine, le 20 à Annaba, le 22 à Tlemcen, le 23 à Oran, le 25 à Tizi Ouzou, le 27 à Alger.

Ce n'est pas seulement un événement pour moi. C'est un grand moment pour l'Algérie aussi. Depuis des années, le pays a été déserté par la culture. Le théâtre, la musique, la danse ont été une des premières cibles du terrorisme et ce sont non seulement les artistes étrangers qui ont cessé de fréquenter les salles de spectacles d'Algérie, mais aussi les artistes locaux. Beaucoup se sont exilés en France et, parmi les musiciens qui m'accompagnent pour l'hommage à Cheikh Raymond, plusieurs m'ont dit combien il leur semble presque incongru d'aller faire un concert sans avoir peur qu'un dingue fasse sauter une bombe ou surgisse avec une mitraillette.

Je réponds à des dizaines d'interviews de médias d'Algérie, du Maghreb, de France. Je deviens un symbole non seulement de la politique de concorde nationale du président Bouteflika, mais aussi de la réconciliation historique entre l'Algérie et la France. Il y a quelques polémiques dans la presse algérienne. Un journaliste va dans mon ancien quartier à Constantine. La rue Louis-Biscarrat est devenue la rue Boukela-Mustapha et il rencontre les gens qui habitent dans notre ancien appartement et se préparent à m'accueillir avec joie. D'autres familles proposent d'accueillir ma famille, mes amis, les journalistes français... Il trouve aussi des Constantinois scandalisés que la municipalité fasse refaire la chaussée dans « ma » rue et nettoyer le cimetière juif en prévision de mon arrivée. Mais il doit admettre que, dans l'ensemble, les gens de Constantine sont ravis que je revienne. Rien de disproportionné dans ces polémiques, en somme. Et on entend tout autant les représentants des villes qui n'ont pas été retenues pour ma tournée. Même un journal proche du FIS juge que mon voyage en Algérie est « normal ». Tout va bien.

19

Alger et Roubaix

Au mois de février, les préparatifs de ma tournée algérienne ne me semblent pas spectaculairement avancés. Connaissant les lenteurs légendaires de l'administration algérienne, je ne m'inquiète pas outre mesure que personne ne reçoive son visa. Mais je sens qu'il y a aussi des blocages plus graves. La tension monte chaque jour. À Constantine, un responsable d'un parti islamiste « modéré » appelle à empêcher ma venue « par tous les moyens possibles », quarante-huit imams appellent à un deuil de trois jours lorsque je viendrai, des tracts annoncent que les juifs reviennent pour reprendre leurs biens et chasser les familles qui vivent dans leurs anciens appartements, une réunion d'enfants d'anciens combattants algériens se transforme en bagarre générale... On m'envoie d'Alger des émissaires officieux pour me proposer un report, je reçois des lettres de menaces, mes amis sont harcelés de messages à me transmettre... Je commence à sentir que même une partie de l'entourage du président Bouteflika essaie de tout faire capoter parce qu'Enrico Macias est soudain devenu un sujet politique trop périlleux.

L'initiative de Bouteflika est même attaquée par des caciques du FLN. Un ancien président de l'Assemblée nationale algérienne, Abdelaziz Belkhadem, membre du bureau politique de l'ancien parti unique, s'élève avec force contre la normalisation des relations avec la France et son symbole, la venue d'Enrico Macias. Il utilise des mots durs, blessants, violents. Il ne cache pas que son problème est que je sois juif et né en Algérie de parents incontestablement algériens. Il fait bien comprendre qu'il n'y a pas de place pour le retour des juifs en Algérie, qu'ils n'ont aucune réparation à attendre, qu'ils n'ont aucun droit sur la terre et sur l'histoire de cette grande nation musulmane.

On licencie brutalement le directeur de l'Oref, l'organisme qui doit gérer concrètement toute la tournée en Algérie. Le prétexte est à la fois futile et hautement symbolique : il est venu à Paris sans autorisation administrative. La nouvelle est annoncée le samedi 4 mars, jour de mon concert à l'Olympia. Et on me fait bien comprendre que l'Oref étant décapitée, les problèmes matériels risquent d'être insurmontables. Surtout, la sécurité ne pourra être garantie pour personne : ni la mienne, ni celle de mes musiciens, des techniciens, de ma famille, de mes amis et des journalistes français qui m'accompagneront.

Ce soir-là à l'Olympia, il y a dans la salle beaucoup d'Algériens, ravis que j'aille au pays, alors que beaucoup d'entre eux n'osent pas encore y rentrer par crainte pour leur vie. Cela me motive encore plus. Pour moi, la tournée ne peut pas être annulée : elle est repoussée de quelques semaines, de quelques mois au pire. J'y vois même la possibilité d'être plus ambitieux encore, puisque cela permettrait de s'organiser pour ajouter d'autres villes, comme Sétif ou Batna, la ville natale des parents de Tonton

Raymond, et aussi de prévoir des salles plus grandes ou plusieurs concerts dans certaines villes, parce que les demandes de billets excèdent déjà les capacités. J'ai la faiblesse de croire les messages que me fait passer l'entourage de Bouteflika : le limogeage du directeur de l'Oref est une décision administrative et non politique ; il n'entraîne qu'un report de ma tournée en Algérie.

Le dimanche 5, j'annonce donc que ma tournée est reportée. Je crois encore qu'elle pourra avoir lieu. Je parviens à joindre Bouteflika au téléphone. Il est hésitant, prudent, mais il me garantit que ce n'est pas une annulation. Pourtant, rien ne semble indiquer que quiconque en Algérie cherche des nouvelles dates pour la tournée. Mes interlocuteurs ne répondent plus aux messages. On ne me téléphone plus. Je n'existe plus.

En plein mois d'août 2000, le président Bouteflika change de Premier ministre. Je n'ai pas de raison de m'intéresser à la nomination du nouveau gouvernement. Mais je reçois comme un coup au cœur la nomination d'Abdelaziz Belkhadem au poste de ministre des Affaires étrangères. Il a mobilisé la vieille garde du FLN, il a multiplié les déclarations haineuses, il n'a pas cherché à maquiller son antisémitisme et c'est lui désormais qui présidera aux relations internationales de l'Algérie.

Je n'ai pas besoin d'un communiqué officiel. Je sais désormais que je ne retournerai pas en Algérie. Bouteflika avait besoin, vis-à-vis de l'opinion française, d'envoyer un message de réconciliation. Or ses alliances avec certains islamistes et les conservateurs du FLN l'ont piégé. Il fallait qu'il se batte contre les accusations les plus absurdes, comme de vouloir faire la paix avec Israël en utilisant Enrico Macias comme émissaire. Et je suis convaincu que mon retour à Constantine affolait les vieux du FLN.

Parce que jamais personne n'a revendiqué l'assassinat de Cheikh Raymond. Personne n'a osé dire qu'il l'avait tué, ne serait-ce que pour toucher la pension d'ancien combattant – une pension dont héritent les enfants, ce qui explique que beaucoup d'actions des moudjahidin, comme on les appelle officiellement, ont été revendiquées par plus de gens qu'il n'y avait d'hommes pour les accomplir. Et voici que la veuve et les enfants de Cheikh Raymond vont venir à Constantine, revoir les lieux où ils ont vécu et aussi la place Négrier où il a été abattu. Tout près de là, une des deux grandes synagogues, le temple algérois, a été rasé pour faire place à un parking. Et le Midrach, où a eu lieu la veillée mortuaire pour Tonton Raymond, est devenu un institut musulman.

Est-ce qu'à Constantine on a eu peur des questions gênantes des journalistes français ? Est-ce qu'on a eu honte des réponses qu'il faudrait faire ? Est-ce qu'on a craint que soudain la vérité soit révélée ? Est-ce qu'on a eu peur du fantôme de Cheikh Raymond ?

En France, et pas seulement dans ma famille, on a salué la déclaration qu'avait faite Bouteflika selon laquelle l'assassinat de Cheikh Raymond était une erreur – il me semble même qu'il a parlé d'« une funeste erreur ». Je pense que cela a fait craindre aussi un grand déballage. Il aurait fallu dire qui avait commis cette erreur et pourquoi. Et il fallait craindre qu'alors d'autres auraient défendu les attentats qui visaient les symboles de la communauté juive d'Algérie... Il aurait fallu justifier les rabbins assassinés, les grenades jetées dans les rues juives pendant le shabbat, les synagogues incendiées, les livres saints profanés... Il aurait fallu ouvrir le débat sur l'antisémitisme dans le combat nationaliste algérien, un débat forcément biaisé par le consensus « antisioniste » des partis politiques, du FLN aux islamistes extrémistes.

C'était également dangereux pour Bouteflika parce que cela aurait débouché fatalement sur l'inventaire – qui n'a jamais eu lieu, non plus – sur les actions armées des nationalistes. Les civils massacrés, les bombes explosant au milieu des passants, les assassinats précédés de viols, les enfants torturés à mort, les villages anéantis parce qu'ils n'obéissaient pas aux maquis... Et surtout ce paradoxe enfoui au fond de la conscience collective algérienne : le FLN a tué plus de musulmans algériens que d'Européens et de militaires. Beaucoup d'Algériens disent qu'un grand-père, une mère, un oncle, un cousin a été tué « pendant la guerre » sans plus de précision. Ils participent aux liesses commémoratives en taisant que c'est le FLN qui les a exécutés. Et le mythe des milliers de « martyrs » cache aussi la violence de la guerre entre Algériens.

Au fond, faire revenir Enrico Macias, c'était rouvrir le dossier Cheikh Raymond ; rouvrir le dossier de Cheikh Raymond, c'était rappeler que la guerre d'Algérie a aussi été une guerre civile entre Algériens – une première guerre civile avant la guerre civile à laquelle Bouteflika essayait de mettre fin.

Jamais depuis que je suis arrivé sur le sol de France, on ne m'a fait de problèmes parce que je suis juif. Je sais bien que, derrière mon dos, un ou deux abrutis m'ont traité de youpin. Mais jamais on ne m'a reproché d'être juif quand je devais chanter quelque part. Jamais on n'a dit qu'on allait m'empêcher de faire mon métier parce que je suis juif. Jamais.

Je ne pense pas que ce soit un hasard si, quelque temps après cette affaire algérienne, survient l'affaire de Roubaix. Ce jour-là, je quitte la page culture pour entrer dans les faits divers et même dans la rubrique politique. Et je suis atterré par ce qui se passe dans mon pays. Atterré mais pas à terre. Au contraire. Je suis d'ailleurs persuadé que si je m'étais laissé faire, il n'y aurait pas eu un seul Roubaix, mais dix, mais vingt, mais cent Roubaix. On avait pu empêcher le juif Enrico Macias de chanter en Algérie, c'était tentant de l'empêcher de chanter en France...

Le dimanche 26 novembre 2000, je dois chanter aux Transculturelles, un festival organisé à Roubaix et qui célèbre les musiques venues de partout. C'est une des étapes de la tournée de mon hommage à Cheikh Raymond, toujours avec mon orchestre algéro-français. Il se trouve que, quelques semaines plus tôt, a commencé la seconde Intifida. Les esprits sont échauffés mais la France est un pays pacifique, une démocratie. On manifeste, on crie des slogans, puis chacun retourne de son côté sans chercher à nuire physiquement à celui qui ne pense pas comme lui.

Deux semaines avant mon concert à Roubaix a lieu une manifestation du collectif baptisé Les Amis de la Palestine. Comme d'habitude, les journalistes locaux couvrent l'événement et l'un d'eux entend quelqu'un crier qu'il ne faut pas laisser se tenir le concert d'Enrico Macias, « ce juif qui chante de la musique arabe ». Il en parle le lendemain dans *La Voix du Nord*. Ce journal me demande aussi mon avis et je dis franchement ce que je pense : je ne conteste pas le droit de s'en prendre au gouvernement d'Israël et à sa politique ; mais, pour ma part, je suis un homme de paix et je souhaite que le processus de paix se poursuive ; surtout, il n'est pas tolérable que l'on s'en prenne à moi parce que je suis juif et chante en arabe avec des musiciens algériens – ce qui précisément est un acte de paix !

La presse parisienne en parle à son tour, des personnalités politiques m'apportent leur soutien, d'autres se défilent. Mais la directrice du festival reçoit des menaces de mort. Il y a des graffitis sur les murs à Roubaix, des discussions enflammées dans les cafés et même devant les caméras de télévision qui viennent sur place. Les Amis de la Palestine mettent dix jours – dix jours ! – à condamner les propos antisémites. Mais ils convoquent une manifestation le jour du concert, devant le Colisée, la salle de concert, et appellent au boycott. Pourquoi le boycott ? Parce que j'ai participé à une manifestation, quelques semaines plus tôt. Comme, dans cette manifestation, des personnalités ont eu des paroles très dures pour l'Autorité palestinienne, je suis désormais qualifié de soutien de l'extrême droite israélienne. Mais si je m'étais rendu à cette manifestation, c'est principalement parce qu'elle avait été organisée contre l'antisémitisme qui ressurgit à la faveur des manifestations et des discours « antisionistes ».

Je mets ce mot entre guillemets pour deux raisons. La première est que, la plupart du temps, les discours se proclamant opposés au sionisme visent au moins autant la politique israélienne que les juifs de France. La seconde est que si on se dit opposé au sionisme, c'est-à-dire la volonté de créer un État juif, cela veut dire que l'on veut la disparition de cet État. Et, pour le faire disparaître, quelle est la solution pratique ? Tuer tout le monde ? Massacrer les huit millions d'habitants ? Seulement les juifs ? Les déporter ailleurs ? Dans un autre pays ? Les ré-éparpiller en diaspora ?

Donc, à Roubaix, au nom de l'« antisionisme » et puisqu'on ne peut pas m'interdire de chanter, on voudrait que les gens ne viennent pas à mon concert – un concert pendant lequel, avec des musiciens algériens, je vais chanter de la musique arabe, le jour du début du ramadan. Le concert est prévu à 17 heures et Les Amis de la Palestine publient un communiqué appelant à une manifestation de 16 heures à 16h30 devant le Colisée. Mais la manifestation n'est pas déclarée officiellement et les autorités craignent des débordements, des intimidations, voire des violences contre les spectateurs et l'équipe du théâtre. Le préfet interdit la manifestation mais nous sommes en France et elle a quand même lieu. Une centaine de personnes crient quelques slogans devant au moins autant de CRS et de journalistes...

Mais dans la salle, c'est un triomphe. Musulmans et juifs nord-africains mêlés. Il y a aussi tous les autres, qui sont entraînés dans cette émotion énorme. Des youyous, des bravos, des mercis. À l'intérieur de ce théâtre, c'est l'Algérie que j'ai connue et à laquelle je continue de rêver. À l'extérieur, c'est la France où certains voudraient importer les guerres et les fractures du Proche-Orient.

Quand on me dit que la paix n'est pas à portée de la main, je réponds par l'exemple de ce concert. La paix existe, puisque je l'ai rencontrée ce jour-là : les ennemis de la paix vocifèrent au-dehors pendant qu'à l'intérieur musulmans, juifs et chrétiens écoutent ensemble de la musique, dansent et chantent. Ils n'ont pas tous la même religion, ni la même façon de la vivre, ni les mêmes opinions politiques, ni les mêmes réactions face à ce qui se passe au Moyen-Orient. Mais ils sont en paix, ensemble. C'est un préalable de la démocratie et de la liberté de tous.

Après ce concert, je suis évidemment satisfait. J'ai pu chanter. Il n'y a pas eu d'incident. Mais je suis aussi très triste. On m'a exilé d'Algérie. Puis on m'a empêché d'y retourner. Et voici qu'on a voulu me faire taire. Toujours parce que je suis juif, parce que je refuse d'oublier que je suis juif, parce que je ne m'excuse pas d'être juif.

Parce qu'après avoir chassé les juifs d'Algérie on veut les chasser de la mémoire de l'Algérie, de la mémoire nord-africaine tout entière.

On m'aurait invité à Roubaix pour chanter mon répertoire habituel que cela n'aurait pas fait les mêmes problèmes. Ce qui met le feu aux poudres, ce n'est pas que je participe à une manifestation de soutien à Israël, mais que je chante en arabe après avoir participé à cette manifestation. C'est le même processus que pendant la guerre d'Algérie : il faut purger la culture arabe des juifs, faire comme s'ils n'avaient jamais vécu sur la terre dont on les a chassés.

Ce n'est pas un plan concerté du FLN avec les quelques militants de Roubaix mais c'est d'une cohérence évidente : pour eux, mon hommage à Cheikh Raymond ne peut être admis que si je fais tout pour faire oublier que je suis juif.

20

Oranges amères

Pendant l'affaire de Roubaix, je suis resté immobile dans mon coin. J'ai fait du bruit, beaucoup de bruit. Beaucoup de journalistes m'ont appelé. J'ai téléphoné à Jacques Chirac et à Lionel Jospin, et le président comme le Premier ministre m'ont dit la même chose : dans notre démocratie, on ne peut pas laisser censurer un artiste par la force. Je suis fier d'avoir gagné mais catastrophé que la tournée doive se poursuivre avec partout la crainte d'incidents. Et je suis fier d'avoir chanté, des années plus tôt, en 1980 : *Moi je suis un juif arabe/Je suis noir américain/Je suis un fils de nomade ou d'Indien/Qu'importe mon destin.*

Une fois l'agitation passée, cet enchaînement m'amène à réfléchir à mon parcours en France. J'ai commencé à avoir du succès parce que j'étais le symbole du drame des pieds-noirs. Puis j'ai surtout été considéré comme le représentant de ces drôles de Français avec un accent pittoresque. Et alors je recommence à penser à toute mon aventure, mais aussi à ce qu'ont vécu Suzy, mes parents, les autres enfants de Tonton Raymond, tous les gens que je connaissais à Constantine et qui se sont exilés en France en même temps que nous. Et je réalise que j'avais cru les plaies fermées. Mais elles étaient encore à vif, même si je ne m'en rendais plus compte. Depuis 1961, je n'avais plus eu aussi mal.

Dans le même temps, je suis aussi un professionnel de la musique qui se pose des questions sur son métier et sur son parcours. Or, pendant que je vis ces événements qui me heurtent, je réfléchis à ma carrière. Je ne suis pas allé vers l'œuvre de Cheikh Raymond par hasard. J'en avais besoin. Mais maintenant, il va falloir revenir à la chanson française et je ne peux pas faire comme si rien n'était arrivé – ni cette tournée extraordinaire, ni l'affaire algérienne, ni Roubaix.

Du pur point de vue de mon métier, j'assume l'album que j'ai fait en 1995 mais rétrospectivement je le trouve un peu trop variétés. Comme je l'ai dit dans une interview, je ne suis pas un chanteur de variétés, je suis un chanteur ethnique. J'appartiens au monde du music-hall mais, fondamentalement, je ne fais pas la même chose que beaucoup d'autres artistes que l'on voit à la télé. Et, finalement, l'album *Et Johnny chante l'amour* me semble ambigu, même si j'aime les chansons. À ce moment-là, je suis allé trop loin. Trop loin de ce que je suis.

Je réalise que je me suis francisé pendant des années, que j'ai été plus ou moins consciemment à la recherche d'une normalité française. Bizarrement, l'histoire algérienne et l'incident de Roubaix me confirment dans la conviction que si je peux me dire aussi français que je le veux, je ne suis quand même pas un Français comme les autres. Il ne vient l'idée à personne d'interdire à Bernard Lavilliers ou à Francis Cabrel de chanter où que ce soit, ni au nom de quelque cause que ce soit, ni au nom de quelque engagement qu'ils ont pris. Quand Lavilliers lance un appel en faveur des sans-papiers, ceux qui veulent que l'on ferme les frontières ne manifestent pas pour empêcher ses concerts ; quand Cabrel prend position contre le Front national, les amis de Le Pen n'appellent pas à boycotter ses concerts au prétexte que ses parents étaient des immigrés italiens.

La différence entre nous est que je suis juif, juif du Maghreb et de culture orientale. Alors je suis d'autant plus suspect, d'autant plus dangereux, d'autant plus une cible pour les extrémistes. Et, au nom de l'« antisionisme », on peut prétendre, en France, faire boycotter un artiste français.

Dans ces conditions, je me dis qu'il ne faut pas que j'essaie de me cacher. Je me dis qu'il faut que je m'assume plus dans ma musique. Après tout, c'est *Adieu mon pays* qui m'a fait connaître en France, et ce n'était pas de la variété française ordinaire ! Mon questionnement en 2001 et 2002 n'est pas seulement musical et professionnel. Il est intime – existentiel, même. Il faut que je mette en chantier un nouvel album et je veux qu'il me ressemble vraiment. À ce moment, une proposition inattendue me pose des questions inédites : après *Enrico Experience,* mon fils Jean-Claude me dit qu'il se sent prêt à réaliser mon prochain disque.

Je ne suis pas un père distant, ni mon fils un garçon secret, mais j'ai soudain l'impression que je ne sais pas tout de lui. Je ne sais pas à son propos beaucoup de choses qu'on doit connaître au moment de choisir un producteur. J'écoute avec une autre oreille ce qu'il a fait comme contrebassiste et tout ce qu'il a supervisé comme directeur artistique. Et, pour tout dire, je trouve tout cela très éloigné de mon univers. C'est un jazzman, nous n'avons pas du tout la même sensibilité, la même culture musicale.

La musique classique qu'il connaît, ce n'est pas le malouf, mais l'opéra. Je commence par dire non à sa proposition mais, en même temps, je constate qu'il comprend ma souffrance et qu'il voit comment la transcender, comment faire pour qu'elle nourrisse de nouvelles chansons et surtout me ramène à moi-même.

Je pose des questions autour de moi, dans le métier, et je réalise que mon fils a une formidable réputation. Pour tout dire, il jouit d'une reconnaissance que je commence à perdre. Presque sans y toucher, je lui demande quelles sont ses idées et avec qui il me propose de travailler... Il me fait rencontrer Art Mengo et Marc Estève, qui me font des chansons magnifiques et qui ont une sensibilité compatible avec la mienne – le soleil de Toulouse, une culture moins « gauloise » que les Parisiens, un sens mélodique très méditerranéen...

Ce sont eux qui écrivent la chanson qui donnera son titre à l'album, *Oranges amères* :

Il est quinze heures, Paris s'endort
Et par les rues, les Champs déserts
Toute la ville perd le nord
Dans une sieste à ciel ouvert
Avec le cœur qui tambourine
Je revois derrière mes paupières
Le chemin blanc vers les collines
Et l'odeur des oranges amères.

Tout est là : le souvenir de mon pays natal qui m'obsède, ici à Paris.

J'écris plusieurs chansons sur des textes de Marc Estève, Kent en écrit une autre, je reprends *Ma liberté* de Georges Moustaki. Et je demande à Jean-Loup Dabadie d'écrire le texte du *Voyage*, la chanson qui doit parler du retour qui n'aura pas lieu. Comme d'habitude, il écrit une chanson qui dit tout ce que je ressens comme s'il était moi-même.

Le Voyage commence comme si je parlais d'une femme :

Si nous nous sommes tant aimés
Et que nous sommes séparés
Non ce n'est pas que je peux me passer d'elle
Je suis resté fidèle
Et quand on lui fait du mal
C'est tout mon corps qui a mal
C'est tout mon cœur qui se tord elle est si belle
Je suis resté fidèle.

Là, Jean-Loup dit vraiment tout ce que je pense de l'Algérie, dont les supplices de ses années de guerre civile m'ont terriblement fait souffrir.

Et le refrain arrive : *J'ai tant rêvé de ce voyage/On m'a défendu le passage/Moi qui n'avais dans mes bagages/Qu'une mémoire et des images.* Après les autres couplets, le refrain dit même : *Des fous m'ont barré le passage.* C'est réellement ce que je pense – ce sont des fous. On peut dire que 1962 était un accident de l'histoire, la conséquence d'un mouvement mondial de décolonisation qui broyait des humains sans grand souci de la destinée de chacun. Mais ce qui m'est arrivé en 2000 est vraiment le choix conscient d'esprits malades. Et ce drame m'a rendu l'envie d'écrire.

Quand sort *Oranges amères* et que les réactions de la presse sont excellentes, je suis très fier que ce soit l'œuvre de mon fils, encore plus que si c'était mon œuvre à moi seul. Jean-Claude a 36 ans et, pendant la production, je découvre son nouveau studio. Il n'y a pas de cabine vitrée, pas de cloisons. Je lui dis : « On n'a pas le temps de faire des maquettes, il faut aller au vrai studio, maintenant. – Mais c'est ici, le vrai studio. » Je le vois faire ses parties de basse assis sur le canapé. Quand il me dit « S'il te plaît, fais-moi une guitare », l'ingénieur apporte un micro et, tranquillement, là où je suis assis, je joue comme si on faisait un bœuf. On travaille de manière très détendue mais, à la fin de la journée, on n'a pas moins enregistré que si on était dans un studio conventionnel.

Ça me rappelle un peu l'ambiance de mes débuts, quand je rencontrais un guitariste dans un cabaret et lui disais: « Viens jouer avec moi. » On n'avait pas d'arrangeur, pas de partition, et j'ai vendu des millions de disques enregistrés de cette manière. Avec Jean-Claude, je retrouve cette ambiance. C'est pour cela que l'album *Oranges amères* va avoir un son si naturel. Des musiciens viennent comme pour improviser entre copains. Et tout ce que je fais à la guitare est spontané. C'est aussi le résultat de l'hommage à Cheikh Raymond qui m'a ramené aux sources de mon jeu et qui a agi comme un entraînement sportif incroyable. J'ai retrouvé mes repères. À la guitare et dans toute ma musique.

Cet album naît de la musique andalouse, tout comme mes premières chansons. J'avais joué des années avec Tonton Raymond quand j'ai commencé à composer et, pour *Oranges amères*, je sors du même contexte. Le succès du disque prouvera que le public aime ce qui vient de mes vraies racines.

Je me rends compte aussitôt que j'ai bien fait de ne pas enregistrer d'album pendant sept ans. J'avais peut-être perdu mon inspiration, ou tout au moins elle était trop loin de mes bases, trop loin des chansons qui ont fondé ma carrière. Je me rends compte aussi que le drame de l'annulation de mes concerts en Algérie lui a donné un coup de fouet.

Les concerts qui suivent la sortie d'*Oranges amères* sont de tels succès que je suis de nouveau terriblement heureux dans mon métier et avec le public. Les fous qui voulaient m'atteindre ont perdu : certes, une plaie s'est rouverte, mais je suis plus sûr que jamais de mes valeurs.

Je me dis que mon combat pour la paix n'est peut-être pas pour en jouir moi-même. Si je ne la vois pas de mon vivant, je ne veux pas que mes petits-enfants ou mes arrière-petits-enfants me reprochent de n'avoir rien fait. Quand je chante l'Andalousie d'avant Isabelle la Catholique, ce n'est pas seulement pour chanter le temps d'Averroès avec nostalgie – d'ailleurs, on le chante en arabe depuis des siècles. Si je chante cette Andalousie, c'est parce que je suis convaincu que l'Andalousie arrive ! Elle a existé et elle existera !

Pendant la réalisation de cet album, pendant les concerts qui suivent, je réalise que même si j'ai parfois les bras qui tombent, je recommence invariablement à croire en l'avenir et je remonte toujours au combat.

Au fond, cette période me fait réaliser que je peux perdre mon calme, que je peux perdre confiance en quelqu'un. Mais je ne perds pas l'espérance. Jamais.

QUATRIÈME PARTIE

REPARTIR

21

Noël, Kippour, Aïd

Je vais pour la première fois en Israël en 1965. J'y ai des proches, notamment à Ashdod, où des Constantinois sont arrivés avant la vague des juifs marocains. Il y a là notamment des Zaouch, membres de la famille de ma mère. Ses frères sont enterrés là-bas.

Nous sommes quelque temps après la mort de mon pauvre frère et j'emmène mes parents. Nous sommes très émus et embrassons la terre d'Israël en arrivant.

Mes concerts sont programmés à Jérusalem Ouest et au Mann Auditorium de Tel-Aviv. À l'époque, je ne suis pas encore très connu en Israël, où c'est surtout le public francophone qui s'intéresse à moi. Le Mann Auditorium est une salle qui programme surtout de la musique classique. Au dernier moment, le directeur annonce qu'il annule le concert. Je le prends d'autant plus mal que je sais bien pourquoi : il vient de réaliser que son théâtre sera rempli de Marocains, de Tunisiens, d'Algériens, d'Égyptiens, peut-être même de Yéménites. Et il a non seulement beaucoup de condescendance pour les variétés, puisqu'il dirige un établissement prestigieux de grande culture, mais il y a encore en Israël beaucoup de mépris des ashkénazes pour les séfarades.

Le Maghreb était sous domination française. Presque tous les juifs d'Algérie sont partis en France, même les juifs pauvres des campagnes et des faubourgs. Mais quand les juifs ont quitté le Maroc et le Tunisie, la plupart de ceux qui avaient une éducation – les commerçants, les médecins, les ingénieurs, les avocats – ont aussi choisi la France, dont ils connaissaient la langue et où ils avaient pour la plupart fait leurs études. En revanche, les paysans et les ouvriers qui ne parlaient qu'arabe sont partis en Israël, où ils n'ont pas toujours été très bien traités. Alors quand on annonce qu'un chanteur algérien vient au Mann Auditorium et que toutes les places ont été réservées par des Maghrébins, le directeur doit se dire qu'on va manger des pistaches et cracher par terre pendant le concert...

Des journalistes m'interviewent, je m'énerve et cela fait quelques articles gênants pour la direction qui dit que c'est un malentendu, que rien n'est annulé... Le soir du concert, je vois bien que beaucoup de spectateurs mettent les pieds pour la première fois dans un auditorium classique. Mais, chez les séfarades, on casse la baraque, pas les fauteuils ! Tout se passe magnifiquement et je dois reconnaître que je n'aurais plus, personnellement, le moindre problème de ce genre.

Mais cette histoire n'est pas innocente. Je crois pendant des années qu'Israël est un modèle, que les rescapés des camps et les enfants des juifs massacrés par les nazis ne peuvent se comporter autrement que comme le veut notre foi. Autrement dit, je pense qu'Israël est un exemple contre le racisme. Avec cette histoire du Mann Auditorium puis avec ce qui arrivera aux Falashas, je suis un peu déçu.

Finalement, c'en est presque rassurant : je ne suis ni aveugle ni sourd en ce qui concerne Israël. Je vois bien ce qui s'y passe et je suis souvent très critique. J'appartiens à 1 000 % à mon peuple mais je suis aussi citoyen du monde, ce qui veut dire que si un juif viole nos principes sacrés, je le lui reprocherai comme s'il n'était pas de mon peuple – et même plus sévèrement encore. Mon attachement à Israël est évidemment religieux mais mon regard sur cet État est laïque. Je veux que ce soit une démocratie qui respecte et défende les droits de l'homme.

En tout cas, ce premier voyage est à la fois exaltant et douloureux. Depuis le bâtiment de la Knesset à Jérusalem, je peux voir le mur des Lamentations. Le *voir* seulement. Depuis 1948, les juifs ne peuvent plus aller y prier, malgré les résolutions des Nations unies qui leur donnent accès à leurs lieux saints. Pendant un moment, les Jordaniens ont même transformé l'esplanade en dépotoir.

Le psaume dit : « L'année prochaine à Jérusalem ». Nous ne savons évidemment pas que, deux ans plus tard, nous pourrons être enfin à Jérusalem.

Je pense que c'est juste avant la guerre des Six Jours que j'ai commencé à avoir envie d'aller vivre en Israël. Quand j'étais en Algérie, j'y pensais d'autant moins que, même si je suis horriblement frileux, j'avais peur de la chaleur qui règne là-bas et que la tiédeur de Constantine m'aurait manquée.

Je prends très vite l'habitude d'aller en Israël. J'aime ce pays, j'y ai de la famille et beaucoup d'amis, j'y ai beaucoup d'opportunités de travail. J'avais commencé à apprendre l'hébreu au Talmud Torah à Constantine, ce qui me permet de comprendre l'hébreu moderne.

Maintenant, je peux bien me débrouiller pour le parler, mais ne sais pas le lire.

Je commence très tôt à reprendre des chansons en hébreu, à travailler avec des orchestres israéliens qui renforcent mon groupe. Et j'aime travailler avec ces musiciens qui maîtrisent plusieurs cultures, comme ces sections de cordes qui sonnent tantôt comme l'orchestre de Farid El Atrache, tantôt comme si nous étions à *Champs-Élysées* avec Michel Drucker, tantôt comme si nous étions dans un grand hôtel à Las Vegas.

Fin mai 1967, nous sommes en vacances à l'hôtel Acadia, au bord de la mer à Herzliya, à dix kilomètres de Tel-Aviv. Des vacances tranquilles pour Suzy, de santé fragile et enceinte de Jean-Claude. L'atmosphère est curieuse. Les nouvelles du blocus égyptien inquiètent tout le monde et l'hôtel se vide peu à peu, les réservistes étant rappelés par l'armée.

La nuit suivant notre retour en France, je rêve de Tonton Raymond qui me dit: « Fais vite, retourne au pays. » J'en parle à Suzy au réveil. Il n'est pas question de retourner en Algérie. Elle me fait remarquer qu'Israël sera toujours notre pays. « Quand on est juif, il y a des moments où il faut le prouver. » C'est ce jour-là que l'on apprend le début de la guerre.

1967 change les relations de beaucoup de juifs vis-à-vis d'Israël, non parce que le pays gagne la guerre, mais parce qu'il a été menacé. Moi, je pars le troisième ou quatrième jour – pas pour me battre mais pour être là-bas pendant les épreuves que traverse le pays. Je vis la liesse de la victoire, je chante pour les soldats. Et je commence à avoir envie de faire mon alya.

Quand le mur des Lamentations est enfin libéré, j'y vais avec Naomi Shemer, la chanteuse et auteur-compositeur qui vient d'écrire *Yeroushalayim shel zahav (Jérusalem en or)*, et que j'ai aussitôt appris. Je suis parmi les premiers à le chanter devant le Mur. Et je chante sa chanson à l'Olympia quelques semaines plus tard.

Je suis en vacances en Israël quand je reçois un coup de téléphone de Louis Hazan, le patron de Philips. L'écrivain Joseph Kessel veut faire un documentaire sur le mur des Lamentations à travers l'histoire et l'actualité. Le film s'appellera *Un mur à Jérusalem*. Alors, quand je vais prier au Mur, comme chaque jour quand je suis à Jérusalem, je n'ai même pas besoin d'emporter ma guitare ni de chercher l'inspiration. Une mélodie me vient presque aussitôt, inspirée par les musiques et les bruits qui s'emmêlent sur l'esplanade sans rien enlever à l'atmosphère de recueillement et à la ferveur de la prière. Derrière le recueillement, il y a tout le bruissement du monde et l'idée qu'en priant les hommes écartent la tentation de vouloir s'entretuer. Tout un tourbillon de foi et de partage... J'appelle Hazan : j'ai la musique. On s'occupera du texte à mon retour à Paris. Mais, deux jours plus tard, nouveau coup de téléphone : le film est annulé.

Alors, quand je vois Jacques Demarny à mon retour, je lui propose *Noël à Jérusalem*. C'est aussi mon cri du cœur devant ce mur. Mon cri du cœur de Français, qui sait bien que rien ne rassemble plus mes compatriotes de culture chrétienne que l'histoire de la Nativité. Et aussi ma conviction que Jérusalem doit être – et sera un jour – une ville débarrassée de toute exclusion, de toute intolérance. Cette ville est le creuset de trois religions et est également sainte – par ordre chronologique – pour les juifs, les chrétiens et les musulmans. Ce pourrait être *Kippour à Jérusalem* ou *Aïd à Jérusalem*, et on entendrait la même chanson.

Noël à Jérusalem est la Constitution que je voudrais pour Jérusalem, la seule ville sur Terre qui devrait être retirée au gouvernement d'un État et administrée par les Nations unies :

Noël à Jérusalem
C'est le monde au pied de l'Éternel
Qui vient implorer son nom et lui demander pardon
De s'être égaré loin des chemins du ciel
Pourtant il suffirait de voir un jour
S'élever dans une prière
Le cœur de trois hommes éperdus d'amour
Pour changer la face de la terre.

Mon judaïsme est universel. Le peuple élu, c'est l'humanité entière. On n'étudie pas le Talmud pour avoir des réponses mais pour poser des questions. Le Messie que nous attendons viendra apporter la lumière sur tout ce que l'on ne comprend pas. L'intelligence nous permet de nous approcher de cette lumière, mais pas plus. Et chaque élément de la Création peut être tour à tour le Bien et le Mal – l'atome des armes et l'atome qui soigne, la pluie qui arrose et la pluie qui inonde.

Voilà pourquoi je pense que le judaïsme est utile à tous les hommes, parce qu'il éclaire l'humanité. D'autres religions remplissent le même rôle, et l'humanité n'est pas guidée vers la paix et le progrès uniquement par des religions.

Je suis juif, pleinement juif, mais j'ai la certitude qu'une même vérité est exprimée de manière différente par différentes religions. Ce ne sont pas les religions qui produisent l'intolérance et le Mal, mais elles servent souvent de masque ou de paravent aux mauvaises actions des hommes.

Je suis heureux que l'État d'Israël distingue les Justes parmi les nations, c'est-à-dire ceux qui ont mis en péril leur vie pour sauver des juifs pendant la Shoah. Ce qui compte vraiment, ce n'est pas tant qu'ils aient pris des risques pour les juifs en tant que tels, mais qu'ils se sont battus pour la vérité humaine. Si quelqu'un se comporte en Juste, peu importe sa religion. D'ailleurs, quand j'étais enfant, j'entendais dire qu'être juif ne suffit pas à être un saint.

Je ne fais pas mystère de mon amour d'Israël, mais aussi de mon admiration pour ce peuple et pour les miracles qu'il accomplit – les milliers d'orangers qui ont poussé dans le désert comme les guerres emportées à un contre cinq. Depuis la guerre des Six Jours, je ne cache pas non plus mon admiration et ma reconnaissance envers les forces armées de ce pays. Cela ne me vaut pas que des amitiés et on essaie régulièrement de m'embarquer dans des polémiques interminables sur le soutien que j'apporterais à des militaires qui ne seraient animés que par le désir de tuer des enfants palestiniens. Notons au passage que je ne connais pas beaucoup d'armées qui larguent des tracts ou envoient des SMS avant de frapper un immeuble, comme le fait l'armée israélienne. Et que la première mission d'un pouvoir – quel qu'il soit – est de veiller à la sécurité de ses populations civiles, par exemple en ne plaçant pas d'installations militaires au cœur des villes ou même des écoles. Mais ne revenons pas là-dessus.

Je suis comme beaucoup de gens qui ont cru avec passion aux accords d'Oslo et qui pensent que les pires ennemis des Palestiniens sont les dirigeants palestiniens. Les Palestiniens ne verront pas le bout de leurs épreuves tant que la démocratie ne s'imposera pas à Gaza et qu'ils seront « représentés » par des organisations comme le Hamas qui ne leur assurent aucun avenir et les mettent en danger par une politique irresponsable.

Mais j'ai le souvenir de 1973. L'attaque des pays arabes contre Israël est brutale, inattendue et atrocement dangereuse. Pendant des jours, à Paris, je suis tétanisé comme des millions d'amis d'Israël à travers le monde. J'ai peur pour l'existence même de ce pays. Puis je peux enfin partir. Je ne vais pas me battre mais je me rends utile avec ce que je sais faire. Je vais chanter pour des unités de l'armée israélienne, parfois tout près du front. J'y vis quelques frayeurs mémorables mais aussi des moments de fraternité intense. Si je n'avais pas encore compris à quoi sert un chanteur, je le sais désormais.

Le cessez-le-feu étant survenu, on me demande d'aller chanter pour les blessés. Je chante en hébreu et en français dans des salles d'hôpital. Des hommes mutilés, défigurés, brûlés. Des formes humaines tronçonnées, disparaissant sous des bandages énormes ou laissant apparaître des plaies atroces. Je vois de pauvres sourires qui éclairent un peu des visages suppliciés. Un médecin me demande de me pencher à l'oreille d'un blessé : il est presque totalement sourd mais voudrait une chanson. Je sais que certains de ces soldats ne survivront pas. J'essaie de mettre dans mes chansons tout l'enjouement, toute la compassion, toute la fraternité dont je suis capable. Comment voudriez-vous que je ne sois pas pacifiste après une telle expérience ?

Je sais que, de l'autre côté, dans des salles semblables, des soldats souffrent le même martyre, sans savoir s'ils vont pouvoir remarcher, tenir une fille par la main, regarder le ciel bleu ou même tout simplement vivre encore un peu. J'espère que, de l'autre côté, un autre artiste passe dans les chambres d'hôpital et chante l'espoir qu'il n'y ait plus jamais de guerre.

22

Un berger

Ma rencontre avec Anouar el-Sadate est un des plus beaux jours de ma vie. Je l'ai dit et répété : cet homme était un prophète. Mes compatriotes de culture catholique voient les saints et les prophètes uniquement sur les images pieuses, comme des personnages unidimensionnels qui n'accomplissent jamais que le Bien et seulement le Bien. Mais tous les prophètes de l'Ancien Testament ont eu un chemin difficile et n'ont pas toujours marché absolument droit avant de recevoir la Parole et de suivre les ordres de Dieu. Sadate ressemble à ces hommes des temps bibliques.

Le président Sadate a voulu la disparition d'Israël. Il a conçu le meilleur plan jamais mis en œuvre pour vaincre Israël. Mais quand il a été vaincu, il a admis que la guerre n'était pas la bonne solution, ni pour son peuple ni pour la paix du monde. Alors il a osé faire ce qu'aucun dirigeant arabe jusqu'alors n'avait eu le courage de faire : reconnaître que la paix avec Israël était la meilleure voie.

J'étais en Israël quand Anouar el-Sadate a accepté l'invitation de Menahem Begin à venir parler aux Israéliens à la

Knesset. À l'époque, sans Internet, un pays pouvait ne pas savoir ce dont le monde entier parlait... tout au moins pour quelques heures. En me levant, j'avais appelé Suzy à Paris, qui m'avait dit que la radio ne parlait que de ce que venaient d'annoncer des sources égyptiennes. Mais pas un à mot à la radio israélienne, et mes amis sur place commençaient par ne pas me pas croire. Sadate à Tel-Aviv ? Tu rêves ?

Je ne suis pas le seul à avoir l'impression de rêver, justement, en le voyant donner l'accolade à Golda Meir, saluer les généraux Moshe Dayan et Ariel Sharon qui l'ont vaincu sur le champ de bataille. Ce qui me surprend le plus n'est pas que Sadate fasse ce geste, mais qu'il le fasse alors que rien ne l'y force, sinon la conviction que la paix avec Israël est plus profitable à son peuple que l'état de guerre permanent. Ce n'est pas la défaite qui le conduit à la paix mais la certitude qu'à long terme la haine est ruineuse.

Entre sa visite officielle en Israël en novembre 1977 et les accords de Camp David en septembre 1978, je suis admiratif devant son courage et enfin confiant en une paix prochaine. Comme beaucoup d'amis d'Israël, je découvre que notre ennemi peut devenir notre ami. C'est une situation plusieurs fois décrite dans la Torah mais qui survient pour la première fois dans l'histoire d'Israël.

Il me semble que c'est en août 1979 que je reçois un appel de Jérusalem. Une invitation a été transmise au cabinet du Premier ministre Menahem Begin : le président Anouar el Sadate souhaite que je vienne chanter au Caire. La paix a été signée depuis presque un an mais un tel événement suscite évidemment la crainte des services de sécurité. Les Israéliens ne me cachent pas qu'ils sont évidemment inquiets : il ne va pas s'agir d'une visite d'État sous protection policière, ni de villégiature dans un hôtel bien protégé, mais d'un concert ouvert à un large public, avec tous les risques que cela comporte. Il y a cent cinquante mille Palestiniens vivant en Égypte et un nombre indéterminé – mais forcément estimable en millions – d'Égyptiens qui refusent la paix avec Israël et ont été conditionnés toute leur vie à un antisémitisme furieux. Alors, puisque l'on ne peut pas me faire accompagner par des agents de sécurité, on me demande de signer une lettre garantissant que, s'il m'arrive quelque chose lors de mon voyage en Égypte, cela ne devra surtout pas entraver les relations entre Israël et son premier allié arabe.

J'accepte de signer cette lettre qui ne devra être publiée qu'à titre posthume, mais je n'en parle pas à Suzy ni à aucun de mes proches. Car, malgré les craintes des services de sécurité israéliens, je suis fou de joie. Je suis un juif de culture orientale et l'Égypte est la Terre promise de tous les musiciens arabes. Et la perspective de jouer devant le président Sadate, sa femme, ses enfants et plus de vingt mille personnes près des pyramides, c'est un cadeau.

Pour tout dire, je ne sais pas à quoi m'attendre en partant au Caire. Certainement pas à l'accueil que me font à mon arrivée un groupe de Palestiniens réfugiés en Égypte, avec des fleurs et des paniers de mes disques qu'ils me font dédicacer. Eux comme moi sommes conscients de la valeur de ce symbole.

En fait, je donne au Caire trois concerts dans le cadre d'un grand festival de la paix qui célèbre le premier anniversaire des accords de Camp David, à partir du 19 septembre 1979. Le 22, c'est la grande soirée de gala au pied des pyramides et devant le président Sadate, sa famille et ses proches.

Le concert doit être filmé par la télévision égyptienne et – qu'on soit un symbole de paix ou pas ! – c'est le professionnalisme qui prend le premier rôle. Donc tout est minuté précisément et il n'y a pas de place pour l'improvisation et pour toutes les libertés que l'on prend sur scène selon les réactions du public ou l'inspiration du moment. Or il y a un passage dans *Le Violon de mon père* qui jusqu'à présent n'a jamais été minuté, et c'est justement l'intervention de mon père au violon. C'est un hommage que je lui rends en lui demandant d'improviser et c'est toujours un grand moment à l'Olympia. Plus le public applaudit, plus il est heureux et plus il joue. Et ça peut durer longtemps. À Paris, il arrive que nous en riions, les musiciens et moi, qui sommes ravalés au rang d'accompagnateurs de Sylvain Ghrenassia, la star de l'Olympia. Mais ce n'est pas grave puisque tout le monde est ravi. En plus, j'ai un tel respect pour mon père qu'il n'est pas question de l'interrompre. Il vieillit et il connaît là ses plus beaux moments de gloire.

Mais pour le concert en Égypte, il faudra quand même qu'il sache se limiter et respecter le timing. Je prends mille précautions pour lui expliquer qu'il ne pourra pas improviser comme il le souhaite. Je n'arrive pas au bout de mes explications qu'il me dit: «Bien sûr, mon fils, j'ai compris.» Je lui propose un petit code pour qu'il sache quand arrêter son improvisation et laisser le groupe reprendre le cours de la chanson. Quand je jouerai à la guitare un motif de cinq notes, il sera temps de s'interrompre... À la répétition, tout est parfait. Il repère bien mes cinq notes et aussitôt reprend sa partie rythmique et tout le monde repart ensemble.

Pendant le concert, l'émotion le submerge. Les Égyptiens aiment son improvisation et le lui font savoir. Mes cinq notes tombent dans le vide. Désespérément, je les rejoue et mon père continue son solo. Je les rejoue plus fort, essaie de lui faire un signe... il continue, tout à la délectation d'être écouté par le meilleur public du Caire, la capitale de la musique arabe. Je vois bien que rien ne pourra l'arrêter et qu'il va faire une improvisation de vingt minutes, comme s'il était à Constantine ou Chez Berthe près de la gare de l'Est. Alors, le plus bas que je peux, je l'appelle: « Oh, papa! » Et là il s'arrête subitement de jouer. L'archet en l'air, il se tourne vers moi: « Qu'y a-t-il, mon fils? » Heureusement, les musiciens sont de vrais professionnels et reprennent la chanson comme si de rien n'était.

Après le concert, un responsable du protocole me prévient que le président Sadate souhaite ma venue le lendemain à Ismaïlia, dans sa résidence privée. Je dois venir seul, avec ma guitare. Mais si j'ai réussi à arrêter mon père dans son solo de violon sans que ça fasse d'histoire, c'est là que j'ai droit à une grande scène. Car il veut m'accompagner. Je lui dis que le protocole a été clair: je ne dois être accompagné par personne. Mon père crie que c'est grâce à lui que je suis là, et il ne veut pas en démordre. Alors il m'accompagne.

Je m'excuse auprès du protocole quand on vient nous chercher, mais quand nous arrivons tous deux devant le président Sadate, celui-ci salue mon père avec la déférence qu'on marque toujours en Orient devant les aînés. Au bout d'un petit moment de politesses avec la famille et la suite du président, Sadate demande qu'on nous laisse seuls. Et me voici avec ma guitare, pour le concert le plus étrange, le plus intime et le plus impressionnant de ma vie. Il me demande de lui chanter *Le Grand Pardon*, ma chanson qui dit exactement la même chose que son discours historique à la Knesset, en novembre 1977: *Abraham a eu deux enfants/ Ismaël, Israël/Ils s'aimaient voilà cinq mille ans/D'un amour fraternel/Ils cherchaient du fond de leur âme/À servir l'éternel/ Le premier fit naître l'Islam/Le second Israël/Le grand pardon, le grand pardon/Il est écrit depuis longtemps/Depuis la nuit des temps/Le grand pardon, le grand pardon/Dépêchez-vous, dépêchons-nous de le faire entre nous.*

Le président est détendu, souriant. Il plaisante : « Je suis Pharaon et toi, tu es un Moïse. » Par la fenêtre, le président Sadate me montre au loin le Sinaï. « Au-delà, dit-il, sont nos cousins israéliens. » Avec un sourire grave, il me dit une phrase que je n'oublierai jamais : « Toi qui voyages à travers le monde et qui vois beaucoup de gens différents, dis-leur bien de ma part que le chemin que j'ai entrepris avec Israël est irréversible. »

Je garde toujours en tête ce mot : « irréversible ». L'Égypte était le pays le plus dangereux pour Israël. Sadate a failli gagner la guerre en 1973 et a choisi la paix en 1979. Et cette paix tient toujours.

Elle tient malgré toutes les poussées de fièvre, malgré toutes les menaces, malgré toutes les convulsions qu'a connues la région depuis. Elle tient malgré l'assassinat de son artisan.

J'ai raconté mille fois la suite de cette histoire. Le 6 octobre 1981, je rentre à Paris. Juste avant de partir de Saint-Tropez, je gratte ma guitare et il me vient une mélodie très triste. Je la note selon le système de transcription que j'ai bricolé peu à peu pour mon usage personnel. Puis je vais prendre l'avion. À l'arrivée à l'aéroport, je vois un groupe de journalistes qui foncent vers moi : « Enrico, que pensez-vous de ce qui est arrivé à Anouar el-Sadate ? » Je ne comprends pas. L'un d'eux me dit brutalement que le président a été assassiné par ses propres soldats pendant une parade militaire.

De retour chez moi, j'appelle Jacques Demarny. Je ne suis pas exagérément superstitieux mais je voudrais des mots qui disent mon émotion sur cette musique grave et presque solennelle qui m'est venue le matin même. Il écrit : *Un berger vient de tomber sous les armes/Le cœur de l'humanité est en larmes/Et le monde, bouleversé, réalise d'un seul coup/ Que la terre engendre quelquefois des fous/Tous ceux qui devant son corps font la fête/Oublient que la mort n'est pas une défaite/ Il a mis tout son courage à servir la liberté/Qu'il nous reste l'héritage qu'il a laissé/C'est pour ça que je garde l'espoir/Il n'est pas venu par hasard/Le chemin qu'il a tracé, nous l'avons tous en mémoire/Les martyrs forcent les portes de l'histoire.*

J'enregistre *Un berger vient de tomber* le 30 octobre. Je me souviens bien de la date : c'est entre deux prises, au studio, que l'on apprend la mort de Georges Brassens.

Pendant des années, je chanterai cette chanson en espérant que le flambeau allumé par Sadate et Begin ne s'éteigne pas, et surtout que d'autres bergers de paix le reprennent. Faut-il dire mon émotion au moment des accords d'Oslo en 1993 ? Je n'ai jamais éprouvé une immense sympathie pour Yasser Arafat, qui a commencé sa carrière en utilisant les armes de la violence la plus brutale – la tentative de renverser la monarchie jordanienne qui avait accueilli des dizaines de milliers de réfugiés, les attentats à la bombe, les prises d'otages, les détournements d'avions... Mais il semble animé de l'esprit de Sadate quand il accepte la paix à Oslo.

Comme des millions d'amoureux de la paix, je suis abasourdi par l'assassinat de Yitzhak Rabin en décembre 1995. Il a fait progresser la paix d'une manière spectaculaire, et comme en ayant appris les leçons de Sadate : reconnaître l'OLP est un geste d'un courage immense. Et je suis atterré en apprenant que c'est un juif israélien qui l'a assassiné.

Là encore, je réponds aux questions des journalistes. On me demande si je vais composer une nouvelle chanson. Non : il n'y a pas un mot, pas une note à changer à *Un berger vient de tomber*.

Et je crois encore en la paix. Les événements ne perturbent pas mon espoir de paix. Jamais.

Je suis parfois déçu, parfois en colère. Mais je ne baisse pas les bras. Je continue à croire. « Croire » est d'ailleurs un mauvais mot : je *sais* que la paix viendra.

Elle est comme l'eau quand on a soif, comme le pain quand on a faim – on ne peut l'interdire. Et la paix viendra, malgré les dirigeants du Hamas qui refusent la paix à Gaza en se prélassant au Qatar. Je ne raisonne pas au jour le jour et c'est pourquoi je ne peux pas désespérer. Après tout, il y a déjà de tels miracles dans l'histoire de cette région. N'était-ce pas déjà un miracle que naisse l'État d'Israël quelques années après la Shoah ? N'était-ce pas un miracle qu'Anouar el-Sadate, qui avait été le pire ennemi d'Israël, soit l'artisan de la paix ? La paix avait commencé avec Yasser Arafat mais le miracle n'a pas eu lieu.

Mais il aura lieu. La paix viendra.

Quand les hostilités s'achèveront, il faudra soigner les blessés, c'est-à-dire soigner la Palestine. Il faudra l'aider à donner à manger à tous ses enfants, à garder chez elle tous ses jeunes pour qu'ils ne cherchent plus à s'enfuir sur des embarcations de fortune et se noient au large de Lampedusa. Il faudra aider les Palestiniens à ne plus avoir de raison de jalouser la prospérité des Israéliens.

Je partage le rêve de Shimon Peres, qui voudrait un grand plan international, auquel Israël participerait massivement, pour apporter l'enseignement et la technologie aux Palestiniens. C'est un rêve, mais les rêves de Nelson Mandela et de Martin Luther King se sont bien réalisés.

Peut-être les Palestiniens ont-ils aussi manqué d'un chef à la dimension de leur cause. Leur plus grand leader, Yasser

Arafat, s'est personnellement enrichi avec les dons des pays arabes et l'aide internationale. Et, avec la seconde Intifada, il a mis fin au processus de paix initié à Camp David. Il n'a fait confiance qu'à ses proches qui criaient le plus fort. Il n'a pas eu la hauteur de vue suffisante pour faire confiance à ceux qui avaient été ses ennemis et voulaient aussi la paix. Il a préféré faire confiance aux extrémistes de son camp plutôt qu'aux modérés du camp opposé.

Je suis un pacifiste, même si j'admire l'efficacité avec laquelle l'armée israélienne protège son territoire. Mais quand cette armée est entrée au Liban pour une aventure que ne motivait pas vraiment une menace immédiate sur Israël, j'ai été de tout cœur avec les milliers d'Israéliens qui défilaient dans les rues pour exiger la paix. Et il ne faut pas oublier que les plus grandes manifestations de l'histoire de ce pays ont été pour demander une politique de paix. J'aimerais tant que les Palestiniens aient aujourd'hui la liberté de descendre dans la rue pour demander à leurs dirigeants de chercher la paix...

Si Dieu me prête vie et que je pars vivre en Israël, il y a beaucoup de combats à mener là-bas. Et évidemment la paix, qui est le futur de nos enfants – ici aussi. Parce que, encore et toujours, on essaie d'opposer Français juifs et Français arabes, ce qui est criminel. À l'époque de la guerre de Gaza, je suis avec un copain près de l'entrée des artistes de l'Olympia, rue de Caumartin. Alors que l'on monte en voiture, deux Maghrébins passent sur le trottoir. Ils me font un salut un peu ironique et l'un d'eux crie : « Salut Enrico ! » L'autre crie quelque chose que je ne comprends pas. Je dis à mon copain : « Rattrape-les, je veux savoir ce qu'ils ont dit. » Quand on arrive à leur hauteur, je les appelle. Le type d'abord n'ose pas s'approcher puis il me dit, avec un air un peu provocateur : « J'ai crié "Vive la Palestine !" »

Je lui dis: «Il ne faut pas avoir honte d'avoir dit ça. Moi aussi je peux crier "Vive la Palestine!" Je suis un juif arabe, comme il y a des chrétiens arabes et des musulmans arabes. Alors je descends de voiture et on va crier ensemble. Mais si tu veux la paix, tu cries aussi avec moi: "Vive Israël!" Tu t'inquiètes pour les gens qui sont en guerre? Je ne crois pas que tu aies de la famille à Gaza. Moi, j'ai de la famille en Israël, à portée des roquettes du Hamas. Alors j'ai encore plus envie que toi d'une paix immédiate et définitive. Je te remercie de vouloir la paix pour les Palestiniens, parce que tu comprends bien qu'ils n'auront pas la paix tant que ma famille n'aura pas aussi la paix.»

Et nous voilà tous les deux, au milieu de la rue, à crier «Vive la Palestine!», «Vive Israël!», «Vive la Palestine!», «Vive Israël!», avec les autres voitures qui attendent derrière.

Ce n'est pas seulement un instant amusant et émouvant de ma vie, quelque chose que je peux me permettre parce que je suis une vedette que l'on reconnaît dans la rue. C'est aussi le signe de ce que l'on peut obtenir en quelques mots, en quelques secondes. Se parler, se désarmer, se comprendre. Je ne suis pas sûr que ces deux gars aient tout à fait changé d'opinion sur la Palestine et Israël. Mais au moins ils ont compris qu'on peut toujours échanger avec celui que l'on croit être son ennemi. À partir de là, on peut espérer qu'ils aient un jour le courage de Sadate.

23

Nous ressembler

Plus tard, j'ai eu un peu honte, quand on a connu le passé nazi de Kurt Waldheim et sa participation à des crimes de guerre avec l'armée allemande. Mais quand il est secrétaire général des Nations unies, il me décerne le titre de « chanteur de la paix ». C'est évidemment une reconnaissance de l'obstination que je mets, partout où je chante, à prôner la paix dans le monde et tout spécialement au Proche-Orient. Quand on me demande de m'expliquer sur *Noël à Jérusalem,* notamment, on voit bien que je suis un juif attaché à Israël, mais qui célèbre la paix entre les religions dans la ville trois fois sainte.

Mais c'est avec Kofi Annan, une quinzaine d'années plus tard, que je commence vraiment à travailler pour les Nations unies. C'est son prédécesseur au secrétariat général, Boutros Boutros-Ghali, qui lui a suggéré de faire appel à moi. Et je vais vraiment aimer cette responsabilité d'ambassadeur itinérant pour la paix et la défense de l'enfance, qui m'est attribuée en 1997. Je me souviens du moment où je dois parler devant l'assemblée générale de l'ONU. Je me prépare à m'exprimer en anglais mais

Kofi Annan me demande de parler en français, parce qu'on n'entend pas assez cette langue chez les diplomates à New York. À ce poste, je suis fier, notamment, d'avoir prononcé des discours et des conférences en faveur de traitements meilleur marché contre le sida en Afrique. C'est dans la droite ligne d'*Enfants de tous pays* et de *Malheur à qui blesse un enfant*. Et si les Nations unies m'ont demandé d'être ambassadeur itinérant, c'est sans doute aussi parce que je faisais déjà ce travail avant, dans mes chansons et dans toutes mes interventions dans les médias.

Parce que j'y suis souvent... Peut-être est-ce parce que les Français m'ont découvert d'abord dans « Cinq colonnes à la une » : j'ai toujours beaucoup fait de télévision et on m'a très vite dit que j'étais un « bon client », selon l'expression consacrée. Je dois reconnaître que je m'y suis vite fait. Parfois, on me montre une vieille archive dans laquelle je me vois faire l'effort de parler sans accent, et je vois bien que je suis encore intimidé par l'idée de paraître trop étrange aux Français. Mais ça passe vite.

J'aime la télé. Certes, si j'ai mal aux dents, je suis obligé de me forcer un peu. Quand je tombe sur un animateur de mauvaise foi qui essaie de me piéger, je fais des efforts pour ne pas faire la tête. Mais, de manière générale, je suis à l'aise devant les caméras et c'est ce qui me permet de dire ce que j'ai envie de dire. Mais je ne suis pas un faux gentil, je suis un vrai gentil. Si les circonstances imposent d'être méchant, je le suis – un type qui soutenait Dieudonné dans une émission s'en souvient, d'ailleurs.

Depuis plus de cinquante ans, je répète mon message de paix et de fraternité partout, dans toutes les circonstances et devant tous les publics, y compris à la télévision. Cela ne veut pas dire que je ne suis pas ravi d'être reconnu et d'être applaudi pour mon travail d'artiste. Je n'ai pas honte d'avoir cherché à être célèbre et d'être heureux de l'être. Je suis comme tout le monde : je n'aime pas les cabotins ; mais je suis un artiste et tous les artistes sont cabotins... Mais, encore une fois, je n'ai pas cessé d'utiliser cette célébrité au profit du message auquel je tiens le plus. Je pense que c'est pour cela que j'ai été le premier artiste qu'a appelé Kofi Annan à devenir ambassadeur pour la paix, avant Luciano Pavarotti, Michael Douglas ou Wynton Marsalis, et même avant Mohamed Ali.

Si je fais le bilan aujourd'hui, j'ai le sentiment d'avoir toujours été respecté pour cette raison. Même les gens qui ne m'aiment pas me respectent et reconnaissent que, depuis plus de cinquante ans, ma priorité a toujours été la paix et la fraternité entre les hommes. Et si j'aime Israël et ne m'en cache pas, personne ne peut prétendre que je n'ai pas défendu toute ma vie, et avec passion, la paix avec les Palestiniens.

J'ai aussi dit d'autres choses importantes devant la caméra, attaqué le Front national ou pris parti politiquement – je vais y revenir. Mais je me souviens aussi de m'être engueulé avec Philippe Bouvard qui se moquait de chanteuses qu'il disait incultes, comme Georgette Lemaire ou Mireille Mathieu. J'ai crié : « Mais de quel droit vous moquez-vous de ces chanteuses ? Vous-même êtes fier d'être un autodidacte et de n'être pas allé à l'école. Comment pouvez-vous les écraser de votre méchanceté ? »

J'ai aussi parlé de politique. On retient surtout mon soutien à Nicolas Sarkozy en 2007. Mais la première fois que je me suis engagé pour un candidat à la présidentielle, c'était pour François Mitterrand, en 1988. Auparavant, j'étais comme beaucoup d'artistes en France : je prenais soin d'être apolitique. Quand on voyait les coups que prenaient Michel Sardou ou Maxime Le Forestier pour leurs chansons qui prenaient parti dans le débat politique, on n'avait pas envie d'y aller à son tour ! En 1981, j'ai évidemment voté Mitterrand mais je n'ai pas osé m'investir dans sa campagne. Toujours est-il que je rencontre Laurent Fabius alors qu'il est ministre du Budget, dans les premiers temps de la gauche au pouvoir après le 10-Mai. Nous devenons vraiment amis et, constatant que je suis attaché depuis toujours à la gauche, il me suggère de mettre mon discours en cohérence avec mes idées et je soutiens publiquement la gauche pendant la campagne des élections législatives de 1986. Deux ans plus tard, je fais partie du comité de soutien à la réélection de François Mitterrand.

Des années plus tard, je rencontre Nicolas Sarkozy quand il est maire de Neuilly-sur-Seine. Je le croise régulièrement dans la tribune présidentielle du PSG au Parc des Princes. Nous avons vaguement sympathisé, nous échangeons des cigares le samedi soir ou le dimanche. Je lui téléphone un jour pour lui demander de régler un petit blocage administratif concernant l'inscription des filles de mon fils à Neuilly. C'est la première fois que nous discutons vraiment.

Quand il est ministre de l'Intérieur, je ne me sens vraiment pas proche de sa politique vis-à-vis des sans-papiers. J'ai connu le déracinement de l'exil et je sais ce que nous tous, juifs d'Algérie, avons souffert en arrivant ici. Et nous étions français ! Alors je me sens frère de tous ceux que l'intolérance, la guerre ou la misère précipitent sur les routes. Et je pense que notre honneur serait de savoir les accueillir avec dignité et générosité. Les Français qui n'ont jamais vécu ailleurs que sur le sol de la France n'imaginent pas ce que l'on souffre en faisant la queue pendant des heures uniquement pour avoir le droit de vivre ici, avec la peur au ventre qu'un employé dise « non ».

Je reconnais que c'est un sujet qui me trouble et sur lequel je me laisse facilement emporter. Encore une fois : j'ai quitté mon pays natal et je suis arrivé ailleurs en espérant qu'on me ferait une place. Alors je parle fort pour les sans-papiers.

Quand Nicolas Sarkozy annonce sa candidature à l'élection présidentielle, fin 2006, Arlette Chabot me demande d'intervenir en direct dans l'émission. Je lui demande d'assouplir sa politique et demande qu'il accorde au moins des papiers aux parents d'enfants scolarisés en France. Sur le coup, en direct, j'ai un peu l'impression qu'il botte en touche, mais il me dit aussi que ma question le touche et que l'on en reparlera. Et, en fait, il me téléphone et m'invite à venir le voir place Beauvau. Là, dans son bureau, il m'explique qu'il est sensible à mon argumentation mais qu'il ne peut se permettre de régulariser trop de gens. En revanche, les dossiers qui passeront par moi seront examinés favorablement. Et il le fait. Alors je décide de l'aider à passer de la place Beauvau à l'Élysée et m'engage pour lui.

Il se trouve qu'au même moment je suis très mal à l'aise avec la candidature socialiste. J'aurais volontiers soutenu Laurent Fabius ou Dominique Strauss-Kahn, qui sont tous les deux battus par Ségolène Royal. Je ne me reconnais pas du tout dans sa gauche à elle, qui me semble très loin de mes repères habituels. Sans cette candidature que je ne comprends pas et sans mon coup de foudre pour Sarkozy, jamais je n'aurais quitté la gauche. Et il faut bien admettre que ça m'aurait sans doute évité de prendre beaucoup de coups.

Notamment une nouvelle désillusion avec l'Algérie. Quand Nicolas Sarkozy décide de s'y rendre fin 2007, il m'appelle lui-même pour me dire que je l'accompagnerai.

Mais le chef du gouvernement algérien est Abdelaziz Belkhadem, qui avait déjà fait campagne contre ma venue en 2000. Avec quelques amis de sa tendance au FLN, il lance une polémique en Algérie qui devient incommodante pour le président Bouteflika et, très vite, pour Sarkozy et pour la France. Je dis ouvertement au président de ne pas en faire une question de principe. Tant pis. Je préfère qu'il travaille à réconcilier mon pays natal avec le pays où je vis plutôt que se battre pour le cas d'Enrico Macias à qui l'on interdit de retourner sous le ciel qui l'a vu naître. Les antijuifs au sommet de l'État en Algérie empêchent toujours la réconciliation après la tragédie de l'exil. Mais j'ai la certitude qu'ils ne gagneront pas toujours...

À ce moment-là, je suis moi-même engagé dans un autre combat. Cela va faire cinquante ans que Suzy a été opérée à cœur ouvert pour la première fois. Chaque fois qu'elle m'a donné un enfant, elle a risqué sa vie. Mais elle a voulu Jocya et Jean-Claude. Plusieurs fois, elle a dû être opérée et, plusieurs fois, nous avons bien cru la perdre. Peu à peu, sa santé s'est dégradée et, alors que l'on essaie de m'atteindre en Algérie, je suis engagé avec elle dans son dernier combat. Un combat qui dure des mois et qui s'achève le 23 décembre 2008.

Nous sommes tous dévastés, ses frères et sœurs, ses enfants et moi. Comme toujours dans ces cas-là, et parce que beaucoup de journalistes ont mon numéro de téléphone portable, on me demande ce que je ressens. Que dire ? Que je suis atrocement malheureux mais que je n'oublie jamais, même dans ces instants-là, ceux qui vivent pire malheur que le mien. Mais quand je dois faire ma première émission après la mort de Suzy, chez Patrick Sébastien, je dois chanter *Pour toutes ces raisons je t'aime*. Là, je craque. Je n'y arrive pas, je pleure trop.

Ce sont des années dures. Alors que Suzy est terriblement malade, il va me tomber dessus, aussi, cette histoire de prêt bancaire qui tourne mal. Alors que j'écris, la justice n'a pas encore posé le point final de l'affaire et je ne peux encore m'exprimer tout à fait librement, ni exposer tous les détails. Il y a une procédure pénale et je m'y exprimerai en tant que victime.

Au début, l'histoire est très simple. En 2007, je dois faire de gros travaux dans ma maison de Saint-Tropez. Je cherche à emprunter et, par le biais d'une société au Luxembourg, une banque islandaise me propose un prêt au mécanisme singulier : on me crédite d'une somme énorme dont une petite partie en liquidités et le reste en placements financiers dont les intérêts sont censés me permettre de rembourser l'autre volet du prêt. L'ensemble est gagé sur ma maison.

Je n'ai pas de raison de me méfier. Toute la documentation porte les mentions légales d'usage, la banque et sa filiale au Luxembourg ont pignon sur rue. Ce n'est pas une mécanique de prêt hypothécaire ordinaire, mais ce n'est pas illégal. D'ailleurs, on apprendra que des milliers de gens en France ont fait le même genre d'emprunt.

Un an plus tard, survient la crise financière de 2008. La banque fait faillite. On découvre alors dans ses comptes un ensemble de mécanismes qui justifient la procédure pénale en cours.

Mais on me menace de saisir ma maison... et on le fait savoir à la presse. On raconte que je suis ruiné, on lance des chiffres gigantesques, on me fait passer pour un mauvais payeur. C'est spectaculaire. On parle beaucoup d'une procédure au civil au Luxembourg et beaucoup moins de la procédure au pénal en France qui l'annule complètement.

Dans cette affaire, je le répète, je ne suis pas un mauvais payeur. Je suis victime. Mes avocats sont parvenus à sauver ma maison. Je ne suis pas ruiné. Je sais bien qu'il y a des gens que cette histoire amuse, et qui la racontent ou la commentent avec des sourires pleins de sous-entendus. Tant pis. Je suis un personnage public et mon image est ouverte. Selon les gens, selon les moments, je suis plus ou moins juif, français ou algérien. Quand on parle de cette histoire dans les médias, je n'ai pas l'impression que c'est toujours comme si j'étais un Français « normal ». Mais c'est mon histoire depuis que je suis arrivé dans ce pays.

Avec le temps, j'ai conquis ma place dans la musique orientale comme dans la musique française. J'ai à mon répertoire des valses, des slows, des rumbas, des chansons créoles... Je ne suis pas dans un seul style et, si je suis très éclectique dans mes goûts musicaux, c'est parce que je le suis aussi dans ma façon de penser aussi.

Constantine est toujours en moi. J'ai beaucoup parlé de la douceur de vivre dans cette ville, mais elle est aussi très dure. Elle est construite au bord d'un précipice. Il y a des suicides, des crimes, des corps que l'on retrouve dans le lit du Rhumel, des dizaines de mètres sous le pont. Les gens de Constantine ont la réputation d'être exigeants, susceptibles, rigoureux, très à cheval sur les principes. Ils ont de très fortes traditions d'hospitalité et de solidarité mais ils sont fiers de leur identité – celle de la ville, mais aussi celle de chaque quartier. Quand, pendant la guerre, des soldats juifs étaient en garnison à Constantine, ils ne passaient jamais seuls les fêtes et trouvaient toujours une maison pour les accueillir, qu'ils soient d'Alger, d'Oran ou d'ailleurs. Mais, à l'époque, on disait que les juifs oranais étaient plutôt fanfarons, que les Algérois étaient prétentieux, que les Constantinois étaient austères – d'ailleurs, les

« étrangers » étaient censés ne pas plaisanter contre nous ; si on voulait se moquer d'un Constantinois, il fallait être constantinois.

Tout a changé en France. Je me souviens qu'en 1961 nous fréquentons Le Soleil couchant, place de la République. Nous sommes plein de Constantinois mais, peu à peu, nous nous déplaçons au Savoie, chez Mme Besse, un peu plus loin. La bande des copains s'agrandit. Il y a des Tunisiens, des Algérois, des Oranais, des Marocains. Des Français aussi. C'est là que nous avons commencé à nous ressembler. C'est là que nous avons commencé à être des « juifs pieds-noirs », à avoir la même mentalité, à avoir le même accent.

Il a fallu que nous soyons en France pour que les Constantinois épousent d'autres filles. Des Algéroises, des Tunisiennes, des Françaises – pas toujours juives. Ça nous a fait du bien. Michèle, la dernière des sœurs de Suzy, a épousé un ashkénaze d'origine polonaise. Je ne sais plus pour quelle raison, j'arrive en retard à la fête, qui a lieu chez moi, boulevard de Courcelles. J'entre dans l'appartement et je vois les familles bien séparées : les Polonais d'un côté, les Constantinois de l'autre. Dans un cas comme celui-là, je suis très Enrico. Je crie qu'il faut se mélanger, qu'il faut faire la fête ensemble et pas chacun de son côté...

Je n'ai jamais dit autre chose. Je n'ai jamais essayé de faire autre chose en plus de cinquante ans de carrière. Nous rapprocher. Français, Algériens, juifs, musulmans, chrétiens. Remplacer les distances par la fraternité, la rancune par la paix. Ça n'a pas toujours été facile mais, au bout du compte, les gens savent ce que je veux, ce que je pense, en quoi je crois.

Ils savent aussi à peu près quelle est mon identité. À peu près. De temps en temps, ils n'en sortent qu'un mot – un jour « juif », un jour « français », un jour « algérien »... Mais ils savent mon histoire, ils savent que je suis parfois comme eux, parfois très différent, que je peux être exotique ou très franchouillard en restant toujours moi-même.

Pour mes petits-enfants, c'est forcément moins compliqué. Ils n'ont pas à convaincre qu'ils sont français. Comme ils ne sont pas sous l'œil du public, ils peuvent vivre les choses à leur rythme. Cela ne veut pas dire que je ne suis pas inquiet pour eux. Et pour ce qu'ils vivent dans leur pays natal.

24

Alya

Il est sans doute plus facile à quelqu'un comme moi de faire son alya qu'à un jeune homme. Ce n'est pas seulement parce que je jouis d'un certain confort matériel et d'une belle notoriété. Simplement, j'ai déjà fait la plus grande partie de mon parcours sur cette Terre – y compris quitter mon pays.

Je n'ai pas encore la nationalité israélienne mais je sais déjà que je conserverai ma nationalité française. Et je sais déjà que cela déplaira sans doute à certains. Le genre « Vous voyez, on vous l'avez bien dit »... Je sais que lorsque je partirai m'installer là-bas, cela fera du bruit. On sortira les dernières dépêches en provenance d'Israël comme si mon départ était une réponse ou un commentaire d'un événement qui aura eu lieu trois jours plus tôt, ou comme un soutien au gouvernement du moment. Mais mon rapport avec Israël n'est pas lié au quotidien ou à l'action de son gouvernement. J'ai un rapport mystique avec Israël.

Mais c'est parfois difficilement explicable en France. Je suis souvent agacé par les médias français, qui ont tendance à faire pencher la balance d'un côté ou de l'autre d'une manière souvent caricaturale. Quand un conflit est extérieur à son pays, on se doit de l'observer de manière froide sans donner des arguments trop simplistes à ceux qui voudraient l'importer ici. Et je ne suis pas le seul à le dire : ce que l'on appelle « antisionisme » est souvent rien de moins que de l'antisémitisme.

Le sionisme n'est pas un impérialisme. Il se fonde sur la loi du retour et propose aux juifs exilés depuis deux mille ans de retrouver une terre – et même aux juifs qui ne sont pas religieux. J'ai entendu toutes sortes d'âneries sur Enrico Macias qui soutiendrait les faucons israéliens, qui serait du côté de l'extrême droite et des colons. La preuve, disent-ils : j'ai annoncé mon intention d'aller vivre en Israël. Mais c'est totalement absurde. Je rappelle que je suis un juif oriental, un juif d'origine berbère, un juif de culture arabe. Et je sais ce qu'est l'exil. C'est pourquoi je souhaite une patrie pour les Palestiniens. Je n'ai jamais cessé de le dire, que je sois à Paris, à Jérusalem, au Caire ou en Cisjordanie. Je pense qu'il y a la place pour deux peuples sur cette terre. D'ailleurs, plus d'un million de citoyens israéliens sont arabes musulmans ou chrétiens, et ils ne cherchent pas à fuir l'oppression juive vers d'autres pays arabes plus accueillants. C'est quand même un signe...

Je ne vais pas en Israël comme un islamiste va à La Mecque – d'ailleurs, je ne suis pas sûr que les islamistes aillent à La Mecque : ils préfèrent la guerre aux pèlerinages. Je veux aller là-bas pour rendre hommage à ceux qui se sont battus pour notre peuple et pour mourir dans la patrie rendue aux juifs après des milliers d'années d'exil. Alors, si on veut m'injurier en m'accusant d'être sioniste, c'est absurde. Je suis sioniste, c'est-à-dire que je veux mourir sur la terre de mon peuple.

Et je ne veux pas aller en Israël à cause de l'antisémitisme ou des persécutions, mais de mon plein gré. Je ne mets pas Israël en compétition avec la France. Je suis et serai toujours reconnaissant envers la France. Mais s'il y a des gens qui ne me considèrent toujours pas comme français, je montrerai mon passeport israélien, ils seront rassurés. Aux autres, je montrerai toujours mon passeport français.

Mais attention : je ne veux pas que l'on croit que je veux partir de France à cause des inquiétudes sécuritaires des juifs et du terrorisme antisémite. Au contraire, même : cette situation me donne le devoir de rester en France, auprès de mes frères.

Parlons franchement : ce n'est pas dans mon quotidien que je ressens la montée de l'antisémitisme en France. J'ai la chance de vivre dans un quartier où il n'y a pas de tensions. J'ai la chance d'avoir une notoriété telle qu'on ne va pas m'agresser dans la rue. Je ne suis pas dans la situation des juifs de certaines banlieues qui cachent leur kippa sous une casquette de base-ball pour ne pas se faire insulter quand ils rentrent de la synagogue. Je ne suis pas dans la situation des gens qui disent à leurs enfants de ne pas porter leur étoile de David quand ils vont au collège. Je ne suis pas dans la situation des juifs qui pensent toujours au pire quand un de leurs proches rentre en retard à la maison après être passé le long de telle ou telle cité.

Si on me demande quels sont les musulmans que je croise dans ma vie courante, ce sont des musiciens qui travaillent avec moi, des spectateurs de mes concerts, des gens que je croise au hasard des rues, des gares ou des aéroports et qui me disent combien ils me ressemblent – des humains de bonne volonté qui pensent que juifs et musulmans peuvent vivre ensemble en se respectant mutuellement.

Je ne vis pas au quotidien ce que connaissent tant de familles juives dans des quartiers populaires. Les insultes, les crachats, les menaces d'imbéciles qui croient qu'il y a un prophète qui a dit de tuer les juifs et qu'en jetant des pierres sur une synagogue en France ils changeront quelque chose à la situation des Palestiniens.

Mais qu'on ne me dise pas que rien n'a changé en France. L'affaire Ilan Halimi en 2006, les crimes de Mohammed Merah en 2012, la prise d'otages de l'Hyper Cacher en janvier 2015, c'est la face émergée de l'iceberg. C'est le sommet du Mal. Et, dans les yeux des hommes, le Mal est toujours supérieur au Bien. Le Bien gagnera mais le Mal est plus présent, plus visible, plus glorieux dans ce monde.

Quand un adolescent habite une cité en ruines, n'a rien réussi à l'école et n'a aucune chance de trouver un emploi, c'est plus facile de lui dire que tout ce qui lui arrive est de la faute des juifs, plutôt que lui proposer des solutions pour s'en sortir – des solutions forcément difficiles, aléatoires, compliquées, sans autre prestige que le travail et l'effort. Quand un type n'a rien réussi de sa vie, c'est facile de lui faire rentrer dans la tête qu'il sera un héros s'il s'en prend à des juifs.

Pendant les événements de janvier 2015, j'ai été traumatisé comme tous les Français par le massacre des dessinateurs et journalistes de *Charlie Hebdo*. Ils me faisaient souvent rire, même s'il leur était arrivé de se moquer de moi, comme d'autres artistes de variétés. Puis, le vendredi, la prise d'otages de l'Hyper Cacher m'a retourné les sangs. Quel lâche faut-il être pour entrer dans un magasin et tirer sur des gens qui font leurs courses ? Comment voulez-vous que je ne pense pas à la mort de

Tonton Raymond, tué sur le marché de Constantine alors que les mères de famille faisaient les courses pour se préparer au shabbat ? Il se trouve que mon beau-frère Jacques, le fils de Cheikh Raymond, habite Saint-Mandé et faisait quelques emplettes à ce moment-là. Quand il y a eu les premiers coups de feu, il est entré dans un magasin voisin de l'Hyper Cacher. Il a passé plusieurs heures dans la cave de ce magasin, avec d'autres clients et passants. Pensez à cette destinée : il avait 15 ans quand son père a été assassiné et, alors qu'il est grand-père, il manque d'être pris dans un massacre encore plus abject.

Dans ces épreuves, les responsables du pays ont été exemplaires et le peuple français a été magnifique. La marche du 11 janvier a été un grand moment d'histoire de ce pays et a mis du baume au cœur à tous ceux qui se sentent menacés par la montée de l'antisémitisme.

Mais je ne suis pas sûr que cela arrête la contagion de ces idées. Je ne suis pas sûr que cela fasse taire les prétendus sages de la religion qui disent que l'on gagne le paradis en tuant des juifs.

Je chantais la semaine suivante à l'Olympia. Un instant, j'avais pensé à annuler mes concerts. Mais je devais à tous les morts de continuer à célébrer la vie, l'espoir, la paix. Alors je suis entré sur scène avec mes musiciens et j'ai demandé une minute de silence.

L'Olympia s'est levé et jamais je n'ai entendu un tel silence dans une salle de concert. Jamais je n'ai senti une telle gravité dans cet Olympia où j'ai si souvent chanté. De la scène, je voyais tous les visages sombres – jeunes, vieux, bourgeois, public populaire, chibanis avec leurs épouses voilées, bandes de filles couvertes de plaqué or, familles entières, copains que je retrouverais ensuite dans le couloir des loges… Je voyais tous ces visages et j'étais comme eux, bouleversé par les drames que l'on venait de vivre, inquiet pour mon pays, inquiet pour l'avenir. Et je me disais que c'était aussi la bonne réponse : le silence qui laisse la place aux pensées ou à la prière de chacun, et non les cris, la haine, le ressentiment. Ensuite, ensuite seulement, la chanson, le plaisir, la fête, la belle humanité de l'harmonie.

Avec mon fils Jean-Claude, nous avions choisi pour ces concerts de ne pas faire monter trop fort l'ambiance, d'intercaler des chansons graves au milieu des passages de liesse. Sur scène comme dans la salle, la fête portait quand même un voile de deuil. Et je ne suis pas sûr que j'ai été le seul, à un instant ou deux, à avoir la pensée fugitive que ce pourrait être mon dernier concert dans une France en paix.

Cette pensée, je la chasse ! Je la chasse comme je l'ai toujours chassée. Le Bien triomphera du Mal.

Je le répète : la paix existe. Elle existe dans les rues de Constantine avant que les extrémistes ne mettent l'Algérie à feu et à sang. Elle existe dans mes concerts où tous communient autour de la même idée de paix et de concorde. Elle existe mais il faut se battre chaque jour pour elle.

Ce n'est pas la première fois que l'histoire de ce pays voit une flambée d'antisémitisme. À chaque fois, on trouve une bonne manière de l'expliquer – le confesseur du roi Saint Louis qui lui fait brûler les Talmud et chasser les juifs de France, le nationalisme et l'affaire Dreyfus, la soumission aux idées de l'occupant nazi... Maintenant, c'est l'importation du conflit israélo-palestinien et ce ne sont plus les bandes d'extrême droite ou les défenseurs de la « France pure » qui agissent, mais des esprits dérangés au sein de populations défavorisées issues de l'immigration.

Sociologiquement, ce n'est pas la même chose mais il reste que ce sont toujours les juifs qui sont persécutés, toujours les juifs qui sont menacés, toujours les juifs qui se demandent si demain ne sera pas pire qu'hier.

Il faudrait éradiquer la haine. Mais comment ?

Pendant la manifestation du 11 janvier, on a vu des jeunes gens poser côte à côte avec le drapeau israélien et le drapeau palestinien. Ça ne règle pas ce qui se passe au Moyen-Orient mais c'est un bon message pour la France : on peut être d'avis différents et même – si on y tient absolument – se dire ennemis, et pourtant vivre ensemble, en paix, dans le même pays, dans le respect mutuel des croyances, des convictions et des appartenances.

J'aimerais que de telles images, que de tels gestes soient aussi contagieux que les gestes de haine.

Encore une fois, ce n'est pas mon propre destin qui est en jeu. Dans mes spectacles, je n'ai jamais été agressé. Si on s'en est pris à moi à l'extérieur de mes spectacles, c'est parce que je suis homme de paix. À Marignane, on m'avait reproché d'être un ami des Arabes. À Roubaix, on trouvait scandaleux que je chante en arabe alors que je suis juif. En 2007, dans une rue de Paris, j'ai été agressé parce que je parle de faire la paix avec les Arabes. Je sortais de la Boule rouge avec un ami quand un homme de la clique de ceux qui ont assassiné Yitzhak Rabin m'a injurié. Je suis allé vers lui en lui demandant de s'expliquer posément. C'était un marchand de crêpes dans son petit stand sur le trottoir. Il a recommencé à hurler et il a lancé vers nous une spatule et un couteau. J'ai été blessé à la main et j'ai dû me faire mettre trois points de suture. Tout cela parce qu'un extrémiste estimait que je menace la sécurité d'Israël en prônant le dialogue et la paix.

Des fous en France et des fous au Moyen-Orient n'empêcheront pas que je sois tel que je suis : un amoureux éperdu de la paix, un juif attaché à la terre d'Israël et éternellement reconnaissant à la France de l'avoir accueilli et de lui avoir donné la liberté de devenir ce qu'il est.

J'irai vivre en Israël un jour ou l'autre et cela n'a rien à voir avec les événements en France. Je ne veux pas fuir, je ne veux pas me sauver. Je veux faire mon alya de mon plein gré. Mais je dois aussi rester ici pour soutenir mes frères, pour parler au nom des juifs des quartiers populaires, pour dire haut et fort quelle est l'identité des juifs français.

Je ne quitterai pas la France tant que mes frères ne s'y sentiront pas en sécurité. Depuis que j'y suis arrivé, j'ai cherché à être le trait d'union entre les communautés et à promouvoir l'apaisement et la paix. On me dit que les juifs d'Afrique du Nord aiment Enrico Macias ? Les musulmans aussi.

J'ai décidé de prendre ma retraite – quand je prendrai ma retraite ! – et de finir mes jours en Israël. Je ne quitterai jamais tout à fait la France. Et surtout je ne la quitterai que quand il sera temps, quand je pourrai partir sans avoir à me battre pour que les miens puissent vivre sereinement dans leur pays.

Je suis parti de chez moi. Je suis arrivé ici. Je n'ai pas pu retourner là-bas. Je vais partir encore. Ce sera en paix.

J'ai vu l'envers du ciel bleu de mon pays natal. J'ai vu l'envers du ciel bleu du pays qui m'a accueilli. Au jour que l'Éternel choisira, je compte bien mourir sous le ciel bleu. Et qu'il soit à l'endroit.

Merci, mes chers petits-enfants, de m'avoir lu jusqu'au bout.

Peut-être en savez-vous plus maintenant sur l'histoire qui vous précède. Il vous reste à écrire la vôtre, dont j'espère évidemment qu'elle ne traversera pas autant d'épreuves. Hélas, vous aurez sans doute à vous battre contre d'autres dangers ou d'autres douleurs, car l'histoire du monde est ainsi jalonnée de troubles et de souffrances. Mais je reste persuadé que le Bien triomphera. Peut-être pas de mon vivant. Du vôtre, sans doute. Après tout, nous prions depuis des siècles en disant « l'an prochain à Jérusalem », et nous savons autant le prix du sang que la puissance de cette espérance. À votre tour, vous allez faire vivre cette certitude d'un futur meilleur pour nous comme pour tous les humains.

Alors ne m'en veuillez pas de vous avoir si longuement emmenés de l'autre côté du ciel bleu. Je sais que, plus tard, pour les grands sourires et pour les laï laï laï, *vous aurez toujours mes chansons. Au fond, elles vous disent la même chose que ce livre : ne jamais désespérer, ne jamais refuser la lumière, ne jamais exclure quiconque de sa joie, ne jamais chercher à entretenir le feu de la haine et de la guerre. Ne jamais renier qui l'on est ni d'où l'on vient.*

C'est ce que j'ai essayé de faire. C'est ce que font vos parents. C'est ce que, pour vous, j'espère, comme l'a espéré l'amour de ma vie, votre grand-mère, Suzy.

Merci aussi à elle. Merci à Suzy qui m'a protégé de son vivant et qui me protège encore de là où elle est.

Paris, été 2015.

Table

1. PARTIR **11**
1. Al-Andalus, Algérie 13
2. Les cheveux gris de Suzon 19
3. Le cheikh 27
4. « Vas-y quand même » 37
5. « Par ton premier baiser » 45
6. Fontainebleau 53
7. Châteaudun-du-Rhumel 61
8. 22 juin 1961 71

2. ARRIVER **83**
9. « Ma vie, ma triste vie » 85
10. Le plateau 97
11. « Ça va, ce nom ? » 105
12. Quatre minutes de télévision 115
13. Istanbul, Beyrouth et province 125
14. L'affaire de la valse 133
15. Dans la cave d'Edmond 141
16. La serviette de la princesse Grace 149

3. RETOURNER **159**
17. Hommage 161
18. Des concerts là-bas 169
19. Alger et Roubaix 179
20. Oranges amères 189

4. REPARTIR **197**
21. Noël, Kippour, Aïd 199
22. Un berger 207
23. Nous ressembler 217
24. Alya 227